凡　例

一、「仮名づかい」は、「現代仮名遣い」（昭和六一年七月一日内閣告示第一号）にあらためた。

一、漢字の表記については、原則として「常用漢字表」に従って底本の表記をあらため、表外漢字は、底本の表記を尊重した。

一、難読漢字については、現代仮名遣いでルビを付した。

一、あきらかな誤植は訂正した。

一、今日の人権意識に照らして不当・不適切と思われる語句や表現がみられる箇所もあるが、時代的背景と作品の価値に鑑み、修正・削除はおこなわなかった。

一、作品標題は、底本の仮名づかいを尊重した。漢字については、常用漢字表にある漢字は同表に従って字体をあらためたが、それ以外の漢字は底本の字体のままとした。

久山秀子探偵小説選Ⅰ

浮《うか》れている「隼」

一

　暗い活動写真館から急に明るい世界へ出たので、眼がちかちかした。暮れて間もない時刻なので、浅草はいま人の出盛り。あたしはその雑踏《ひとごみ》の中を、力のない足取りで縫いながら、ほっと嘆息《ためいき》をついた。わざとではなしに、本当にがっかりした気持ちだった。だって一昨日《おととい》、昨日《きのう》——、今日《きょう》で三晩になるんだもの。

　でもさっき、写真館の中で由公《よしこう》にぶつかったのは、ちょっと愉快だった。由公め、あたしがいるのに気がつかないで、見事に時計を掏《す》りそこなやぁがった。知った人間がそばにいるのに気がつかないような間抜けに、うまい仕事ができるもんか。

　とは言うものの、それも無理はない。この姿《なり》ったら、あたし自身にだって、あたしとは思えないんだもの。どう見たってほやほやの山出し女、せいぜい買って、山の手のお屋敷奉公のお三どん。ああやだやだ。いくらうまくできたって、こんな変装はもう真っ平——。なあんて考えたところは、あたしもやっぱり女だわね。

　せっかく浮かれだした心が、また滅入ってしまった。そしてつまらないような、自棄《やけ》なような気持ちで、あたしは目的《めあて》のベンチに辿りついた。そのベンチは、瓢簞池《ひょうたんいけ》の中の植込みの陰にあった。冬なので、ここまで来る者は滅多にない。

あたしは色のさめた肩掛けになかば顔を埋めて、ぼんやりと前を見つめた。立ち並ぶ写真館も明るい。それを写して、池も明るい。その間の歩道には群集の流れ。足音と、話し声と、音楽とが一つになった一種の雑音。――けれども今のあたしは、なんだかそれらとは別の世界にいるような気がするのだった。と、いつか見るもの聞くもの、ぼーっとなって、やがて物音は波の音に変わり、眼の前には漁師町の小料理屋が浮かんできた。

二

それは今から十日ほど前のことだった。

房州へ行ってた仲間からの電報で、あたしは富豪の令嬢になりすまし、書生に仕立てた由公《よしこう》をともに連れて、寂しい（しかし夏は避暑客で満たされる）その漁師町へ乗りこんだ。言うまでもなく、そこの別荘に来ているある実業家の夫人を誘惑するために、相当な地位の婦人が必要だったので――、憚《はばか》りながら六区に羽を伸ばす「隼《はやぶさ》お秀」、あたしは見事にその役を演《や》りおおせた。

思ったよりも余計な分け前を握って、あたしと由公は、出発の前夜、その町の「御《お》料理」と看板を揚げた、実は金箔付きの曖昧屋《あいまいや》へ上がった。断髪を幸い、あたしが男装したことは言うまでもなかろう。したがってその家《うち》の酌婦《おんな》たちは、あたしのことを美術家だと思いこんだものさ。

由公《よしこう》はじきだらしなく酔っ払った。そして帝京座や御園劇場仕込みの、安来節や小原節を、調子っ外れに歌いだした。

それでもあたしたちはもてた。むろん酔っ払いの由公よりは、「貴公子然たる美術家であるところの」あたしの方がもてた――。なあんて、あたしずいぶん自惚《うぬぼ》れ屋《や》さんでしょう――。

で、まあそんなわけで、他のお座敷でいくらうるさく呼んでも、女たちはなかなか部屋を出てゆこうとはしなかった。そして仕舞いには、その家《うち》にいる四人の女たちが、みんなあたしを取り巻いて、夜の更けるのも忘れて、音楽会や舞踏会や活動写真や芝居の話をしたのだった。

四人のうち一人は、その町の近くの者だと言った。しかし他の三人は、東京から来たのだということだった。それも時こそ違え、三人とも浅草で、しかも話の様子では、同じ男に誘拐されたものらしい。

あたしは物好きにも、その三人の身元や、誘拐された場所や、誘拐した男の特徴をひそかにノートに書き留めた。

無論あたしの境遇は、こうした身の上話を、そのまま受けいれることは許さなかった。その代わり人の心を読むことには、職業《しょうばい》（？）柄《がら》、そうとう自信はもっていた。

ところで三人のうちの二人は、田舎から東京へ出て間もなく誘拐されたという。いかにも誘拐されそうな、少々抜けたところさえも見える女だ。むろん嘘をついてるとは思われない。も一人の二三日前に来たという女は、やっと十六、小石川の生まれ。まだ涙に包まれてはいるが、無邪気な、嘘なんかつけそうもない無垢《うぶ》な可愛い娘《こ》である。

あたしはその娘がとても気にいってしまった。そしてその娘もまた、すっかりあたしになついて、結局あたしたち二人は、みんなから揶揄《からか》われながら、その部屋にとり残されてしまったものだ。

あたしは、気を遣った疲れと、もともと飲めない酒の酔いとで、その夜は前後も知らず眠ってしまった。

翌日《あくるひ》東京へ帰ると、早速あたしは三人の女の身元や、行方不明になった時日《じじつ》を調べはじめた。調べ終わったのが三日前、三人の言葉に嘘はなかった。――それから一昨日《おととい》、昨日《きのう》、今日《きょう》――と、このベンチ――あの可愛い娘の誘拐された場所らしいこのベンチに、あたしは休む。一つ夜着《よぎ》に包まれながら、ついに打ち解けなかったあたしを、翌朝になって送りだした時の、あの娘の恨めしげな、しかも名残惜しげな寂しい顔は、まだはっきりとあたしの胸に烙《や》きつけられている……。

「もし」と不意に声をかけられて、あたしは飛びあがるほど驚いた。それは、実際は囁きに似た押さえつけられた声だったかもしれない。でもあたしには、雷のようにも思われて、霧の港の不思議な恋は、途端にすーっと消えてしまった――。そこには商人《あきんど》風の好男子がいる――、ノートに収められた眉と、鼻と、口髭を持った男がいる。

三

「姐《ねえ》さん、どこか悪いのかね？」あたしに並んで腰を掛けた男は、親切に聞いてくれた。

「はあ」あたしは口籠もりながら言った。

「わし困っているですよ」

「どうしたんだね、一体？……え？　よかったら言ってごらん」

「ご親切に有り難うごぜえますだ」

「ね、言ってごらん」

「はあ」

「大丈夫。僕は別に怪しい者じゃない」

この時まであたしを覗《のぞ》きこむようにしていた男は、こう快活に言って、身を起こした。

そして素早くあたりを見回した。誰もいない。男は続ける。

「僕は他人《ひと》の困ってるのを、そのまま見逃せない性質《たち》でね」

「はあ」

「僕にできることなら、一番相談に乗ろうじゃないか」

「わし、お邸《やしき》へは、もうけえらねえつもりだよ」

あたしはぶっきら棒に、しかし力無く言って、低く嘆息《ためいき》をついた。そして、奉公先のお邸の主婦のやかましいことや、年とった女中たちの意地悪なことを訴えた。

男は、「うん。そりゃ向こうが間違ってる」と相槌を打ちながら、とてもあたしに同情して、

「どうだい――僕の家《うち》へ来ないか。……ね、そうしたまえ、そうしたまえ」と言ってくれた。

結局山出しのあたしは、その快活な好男子の家へ行くように口説き落とされたわけだ。

「時に姐さん、晩飯は済んだかね?」

「まだですだ」

あたしは、二三日も御飯を食べないような情けない声を出した。

「じゃ、ちょうどいい」

男はベンチから立ちあがった。

「僕もまだだから、その辺でやっていこう」

あたしは男に寄り添って歩きだした。暗い所から花屋敷の前へ出ると、男は立ち止まって囁いた。

「人が見るとまずいから、一二間《けん》後からついてきておくれ。ね」

と、あたしのご機嫌を取るつもりか、にっこりして、「はぐれないようにね」と付け加えた。

しばらく行って、男は後ろを振り返った。そして一間ばかり放れて、おどおどしながら

ついてゆくあたしを見ると、安心してまた歩きだした。

男は満足して、得意そうだった。無論あたしは面白くて堪らなかった。嬉しくって堪らなかった。見知りごしの地回りに会ったが、先方では気がつかなかった。

四

あたしの親愛なる、そして賢明なる好男子は、あたしに道を知らさないためなんだろう——、はじめ仲見世へ向けて、すたすたと歩いていった。それから駒形へ出た。と、今度は花川戸を逆に下って、おやおやと思ってるうちに、猿若町のある宿屋の前に立ち止まった。そして、「ずいぶん草臥《くたび》れたろう」と慰めてくれた。あたしもいっそう嬉しくなった。宿屋とはいっても、木賃宿《きちんやど》に毛の生えたようなものだった。しかし男のお馴染と見えて、帳場にいたお内儀《かみ》は、「まあ、お珍しいじゃありませんか」と、愛想よく声をかけた。

それから男と二言三言話していたが、女中を呼んで、「あの、奥の十三番へご案内しておくれ」と言いつけた。

女中が出てくると、男はいきなり、「よう美人！」と浴びせかけた。

「あら、お上手ねえ」女中はお内儀と眼を見合わして、にっと笑った。それから蔑《さげす》むように、じろじろあたしを眺めはじめた。だからあたしは、大いに丁寧にご挨拶を申しあげた。

あたしたちが通されたのは、奥まった四畳半、安普請ながら、気の利いた作りで、三尺の入口は襖が二重になっていて、ちょっと場末の待合といった風があった。

あまりご馳走もなかったけれど、男は美味しそうに酒を飲んだ。弱い方と見えて、一本空ける頃には、もう眼の縁をぽっと赤くしていた。そして、あたしをどこかいい所へ世話をしようと言ったり、自分が小僧と番頭を対手《あいて》に、人形町に男世帯を張っていることや、だからたいへん呑気なことや、むろん自分は独身である、というようなことを話して聞かした。

あたしは、房州の女たちも、この家《うち》で、こうして、この男の内儀さんになるつもりになったんだな、と考えながら、男の話を拝聴した。

女中が二本目の銚子を持ってくると、男は、「ああいい心持ちだ」と息を吹いて、「それから……、呼ぶまで来なくってもいいよ」と言った。

女中は、「はあ、そうでございますか」と、つんとして、あたしを尻目にかけながら、澄まして出ていった。

三四杯立て続けに、あたしにお酌をさして、男は、とんと盃《さかずき》をチャブ台の上に置いた。そしてまじまじとあたしを見ながら、

「君は、きっと見違えるほど綺麗になるぜ――、下町の風呂で磨いて、髪結いへ行って――」と、相好《そうごう》を崩した。

「嫌だよ」あたしは恥ずかしそうに俯《うつむ》いた。

「嫌なものか。ほんとだよ——。しかしそうなると、他所《よそ》へ世話なんかするのは惜しいなあ」とだらしもなくにやにやして、

「いっそ僕の家にいてくれないか。なにしろ男世帯で、不自由でね」

「だって……」あたしはちらりと秋波《ながしめ》に見て、また俯《うつむ》いた。

「遠慮するには及ばないよ。ね、そうしておくれ……。大して働くこともいらないのさ。番頭や小僧もいるんだから……。ね、是非そうしておくれ」

「それ、ほんとかね？」

「誰が嘘なんかつくものか。それで、ちゃんとした姿《なり》をして、髷《まげ》にでも結ってごらん。立派なお内儀《かみ》さんだ」

男はてれかくしのように、ハハハハと笑った。

あたしはいっそう俯いた。そして右手を上前の下に入れて、左手を上から重ねて、息をはずませながら堅くなった——。しかし、あたしの注意は、そのとき右手の指に集められた。五本の指はそれぞれ魂を持ってるかのように、あたし自身にも不思議に思われるくらい、微妙な活動を始めた。そして、上前の裏に付いた一本の糸をちょいと引くと、そこにできたほころび——指はその中を探る。

……男の熱い呼吸《いき》が、あたしの顔にかかる。あたしは身体《からだ》を男にすり寄せて、その燃えるような眼を見上げた。

……あたしの右手は、ほころびの中に隠されたハンカチを探り当てる。ぐっと握りしめ

る。包まれたガラスの管が割れる。

……あたしは男の胸に身をもたせる。左手を男の背に回す。男はあたしの肩を抱きしめる。

……その時、右手のハンカチに、ガラス管の中の麻酔薬が沁みる……。男の顔があたしの顔に近づく。

途端に、ハンカチは目にも止まらず男の鼻と口を覆った。

男は救いを呼ぼうとした。しかしあたしは、呻《うめ》き声さえ立てさせなかった。

「五つ。六つ……」あたしは口の中で数を読んだ。酔ってるせいか、薬の効きめがおそい。それでも男は、だんだん力を失って、ついに全身の重みが、あたしの左手にかかってきた。

あたしのしなやかな指は、静かに仰向けに寝た男の懐中に這いこんだ。紙入れが引きだされた。中には五十八円三十二銭あった。

あたしは自分の帯の間から、針と糸を取りだした。

五

「上野駅へ荷物受け取りにゆくだ」あたしは、あの男のお内儀《かみ》さんなんだよ――ってな顔をして、威張って言った。そして、

「旦那さんはしばらく寝るだから、起こすでねえって言っていただ」と付け加えて、ぷいと表へ飛びだした。

その足で、あたしは象潟署《きさかたしょ》の刑事部屋へ飛びこんだ。

火鉢を囲んで馬鹿話をしていた四五人の刑事は、一度に険しい眼を向けた。

「高山さん、しばらく」あたしは笑いながら、その中でも古参の太っちょに声をかけた。

「だれだ、貴様ア?」れの字を少し巻き舌で、高山さんは声を尖らす。

「ちょっ。いきなり貴様呼ばわりはよしてちょうだい。あたしですよ。もうちっと眼を開いたらどう?」

「何だと?」高山さんはいよいよ怒って、あたしをにらみつけながら、

「畜生。隼か」

「アハハハハ」あたしは男のように笑いこけて、ついと鬘《かつら》をとった。

「自分から捕まりにきたのかい?」他の刑事が口を出した。

「ふざけちゃいけませんよ。いつあたしが捕まるような悪事《こと》をしました?……と、まアそりゃいいけれど、ねえ高山さん。婦女誘拐犯人を捕まえたんだから、すぐ行ってちょうだい」

「嘘つけ」

「嘘じゃありませんよ。早くしないと、逃げちゃいますよ」

「ほんとか?」

「ほんとかはないでしょう。人がせっかく捕まえてやったのに」あたしは宿を教えて、帰ろうとした。

「貴様ア、待ってろ！」高山さんがまた怒鳴った。

「もうご用はないでしょう？」

「大ありだ」他の刑事が口を挟んだ。

「不良少女の言うことなんか、当てになりゃアしないからな。犯人がいなかったら、貴様を拘留してやるんだ」

「へっ」あたしも負けてはいなかった。

「腕もないくせに、疑り深いことだけは人並み以上さ」

「ぐずぐず言わずに待ってろ」太っちょの高山さんは、短い足でちょこちょこ歩きをしながら出ていった。

六

間もなく高山さんが、例の男を連れて帰ってきた。

「隼にしちゃ大出来だ」と、にこにこしている。威厳を保つために苦い顔をしようとしても、それができないらしい。男は嘔気《はきけ》でも催すのか、口を歪めて、真っ青な顔をしていたが、あたしのいるのに気がつくと、

「この女が最初、僕を誘ったんだ」と、うらめしそうに言った。火鉢を囲んだ刑事連が、早速それに応戦する。

「おいおい。貴様なんか誘拐して、何になるんだ？」

「いくらいい男を誘拐したからって、男郎屋《だんろうや》なんてもなアないからなア」と、これは嫉妬《やきもち》半分。

「男妾《おとこめかけ》にするつもりなら、『隼』が自分で訴えるはずもあるまいて――」

相も変わらぬ刑事連中の下等な無駄口を、一言も言わずに聞いていたその男は、このとき急に紙入れを調べたいと言いだした。高山さんは、男の懐中から紙入れを引きだして突きつけた。

「ちゃんとあるじゃないか」

男は紙入れと、高山さんの顔を、呆気《あつけ》に取られて見比べた。中には八円三十二銭あった。

あたしは危なく吹きだしそうになった。

と、男はやっと、紙入れの金が減ってるのに気づいたらしく、

「足りないんだ」と、いくらか元気づいた声で言った。

「足りない？　一体いくらあったんだ？」高山さんはすぐ追窮《ついきゆう》する。

「六十円ばかりあったはずです」

「嘘つけ」他の刑事がまた野次りだした。

「そんなに持ってる柄かい！」

「いや確かにあったんだ。この女が取ったんです！」男は憤然として言う。

高山さんはじろりとあたしを見た。

「隼。やったな」

「冗談でしょう——。なら、検《しら》べてちょうだい」

「まあやめとこうよ」高山さんはにやりとした。

「どうせ、もう仲間に渡した後だろうからな。へん、掏摸《すり》の法《て》だ」

「ちょっ。いつあたしが掏摸をしました？」

「よしよし。まあそりゃこの次まで預けとこうよ」

高山さんはこう言って、きっとあたしを睨みつけて、

「時に隼。この男が確かに婦女誘拐者だという証拠があるか？　ないとすれば、貴様が金を取るためにこの男を誘惑したと見るが、どうだ？」

高山さんは、あたしまで挙げちまうつもりらしい。そんなことをされてたまるものか。あたしはまだ半信半疑ではあったけれど、ノートの控えを種に、房州で会った三人の女について検べたことを喋《しゃべ》りたてた。すると男の顔は見る見るうちに変わってきた。それであたしはすっかり自信ができたわけだ。

「さあ。もう行ってもいいでしょう？」

「いかん」高山さんは言った。

「まだ嘘か本当か、こっちで検べてみなきゃ分からんじゃないか」

「警察のご敏捷なお検べがすむまで、拘留とでもおっしゃるんですか?」

「そうさな……。が、まあ今日のところは、働きに免じて許してやろう。その代わり住所を言ってゆけ」

「おやおや。象潟署《きさかたしょ》ともあろうものが、あなた方のいわゆる隼お秀の住所も知らないとは、少々情けないじゃありませんか!」

あたしは幾度か刑事につけられた覚えがある。そしてその都度、うまくまいてやったものなんだ。現に高山さんも、あたしにまかれた一人なんだ。苦い顔をするも無理はない。

「冗談はいい加減にして、早く言わないか」

「言いますとも。富田達観《たつかん》氏の所さ」あたしはフンと鼻で笑った。

刑事たちは驚いた顔を見合わした。

「あの秘密探偵社の富田氏か?」

「まあそうですね。嘘だと思ったら、電話で聞き合わせたらいいでしょう」

刑事の一人が電話口に立ったが、しばらくして振り向くと、

「ほんとらしいですよ」と間抜けな顔をして言った。

「どんなもんです」あたしは晴れ晴れと笑ってみせた。

「これでも私立探偵の端くれさ。毎日の浅草歩きも、まんざら理由《いわれ》がなかぁないでしょう?」

「どうだか分かるもんか?」高山さんはくやしそうに言った。

「が、まあ住所が分かったから、帰してやろうよ」

「恩に着ますかね」あたしはせせら笑った。そして鏡を借りて、鬘《かつら》を被《かぶ》り直した。帰る時、「兄さんお大事に」と挨拶したのはいうまでもない……。

七

翌日、楊子《ようじ》と歯磨きを、化粧道具と一緒に持って、あたしは朝湯に出かけた。

女湯には誰もいなかった。あたしは断髪の頭を、惜しげもなく湯槽《ゆぶね》の縁に載せて、長々と全身を湯に浸した。手は、湯の中で、外で見るよりもいっそう白く、格好よく見えた――。小さい十匹の白蛇が、しなやかに泳ぐ――。おお、あたしの可愛い指たちよ。

湯から上がって、あたしは念入りにお化粧をした。ことに、手には、注意深くクリームを塗りこんだ。そして得意の洋装をした。

それから箪笥《たんす》の一等下の引き出しを開けて、薄汚い着物を取りだした。上前を裏返すと、昨日《きのう》怪しげな宿で縫いつけた糸を抜いた。そしてそのほころびの中から、十円札を五枚撮《つま》みだした。

二枚はあたしの蟇口《がまぐち》の中に、残りの三枚は、無雑作に外套《がいとう》のポケットに突っこんだ。

それを最寄りの郵便局で小為替に組んで、昨夜《ゆうべ》書いた手紙と一緒に封筒に入れた。手紙の文句は次のよう。

先日は失礼。同封の小為替、少しですがお小遣いにしてください。近いうちに、いいことがあるだろうと思いますから、楽しみにして待っててらっしゃい。　　さよなら

あたしは、「千葉県〇〇郡〇〇町、あけぼの方、ゆき子様」と上書きして、普通郵便で、ポストに放りこんだ。

よく晴れた、風のない日だ。冬とは思えないほど暖かい。心が軽くなる。――今ここに二十円ある。どこかで美味しいお昼《ひる》飯を食べよう。それから浅草へ行って、……『巴里《パリー》の女性』を見ようか、それとも『冬来たりなば』にしようか……。まあ行ってみて、気の向いた方にしよう。そして機会があったら――、あたしはピアノでも弾くように、指を動かした。そして、小声に口笛を吹きながら、電車の停留場に向かって、翼のある靴でもはいたように軽々と足を運んだ。

チンピラ探偵

一

大正十〇年四月〇日の都下の各新聞は、思い思いの刺激的な標題《みだし》でもって、一斉に実業界の大立物《おおだてもの》赤倉男爵の暗殺を報じた。それによると――

記事差し止めの解除された日、すなわち四月〇日から八日以前の夜半過ぎ、代々木にある宏壮な赤倉男爵邸の門前で、自動車の喇叭《ラッパ》がけたたましく鳴った。座眠《いねむ》りから呼び覚まされた門番は、（それ、御前様のお帰りだ）と、鉄の門を左右にさっと押し開いた。若い運転手は、自動車を玄関へ着けるやいなや、いきなり飛びおりて、車内を覗《のぞ》きこんだと思うと、今度は門番に向かって、「君。早く手を貸したまえ」と噛みつくように怒鳴った。

門番が駆けつけた時、内からは玄関番が出てきたが、二人は車内に眼をやると同時に、我知らず、「あっ」と声を立てた。無理もない――御前様が倒れていらっしゃるんだ。

続いて女中が五人、それから執事、最後に家族の者が出てきた。男爵は既に呼吸《いき》が絶えている。ピストルの弾《たま》は窓を破って、見事に男爵の顳顬《こめかみ》に命中している。

ところで、元来発展家として有名な男爵は、その夜も赤坂の待合清水《きよみず》で泊まる予定だったが——何がお気に障ったか、夜半過ぎて、（いや、どうしても帰るんだ。早く自動車を呼べ）との御意《ぎょい》。自用の自動車《くるま》は無論お邸《やしき》へ帰ってるというので、清水《きよみず》の女中は、とりあえず頼みつけの自動車屋へ電話を掛けた。そしてやってきたのが、男爵の死骸を載せて帰ったそれで、運転手の名は小川三平という。

警察では、嫌疑者の一人として、この小川を取り調べた。それによると、小川が前年の十月、蒲田の自動車学校を出るとすぐ、現に雇われている赤坂の自動車屋に、運転手として住みこんだ。学校の方で聞くと、小川は技術学術ともに抜群の模範学生だったという。学校に提出されている戸籍謄本にも、疑わしいところは少しもない。現在の雇い主に聞けば、（小川は気が利いていて、愛嬌があって、職業熱心《しょうばい》で、男がよくて、しかも品行方正で）と、まるで我が子のように褒めちぎる。したがってお得意先の気受けも良く、近所にいる芸者や女中の中にも、小川に岡惚れているのが五六人——いやもっとあるという噂。

この小川が、警察の尋問に答えて言った。

「……代々木の練兵場を通りすぎようとした時でした。窓の壊れる音がして、男爵様の叫び声が聞こえました。驚いて速力を緩めながら、後ろを振り向きますと、男爵様が腰掛けから落ちていらっしゃいます。私はてんでその時は、ご介抱を申し上げることも、犯人を探すことも頭に浮かびませんでした……いいえ、あわてたと言うよりも、恐ろしかったのでございます。それで夢中で、お邸まで自動車を飛ばしました」

赤倉男爵の事件があってから、越えて二日、二人の社会主義者が、同じく富豪の深野男爵を脅迫に行って、警察に捕えられた。余罪のある見込みで厳しく尋問すると、ついに二人は、暗殺の前日赤倉男爵を脅迫したことを白状した。そして大胆にも、

「貧民の膏血《こうけつ》を絞る吸血鬼、婦女を弄ぶ色魔、その絞り取った膏血の盃《さかずき》を嘗《な》めながら、淫乱の爪を磨《と》ぐ悪魔に、我々は天誅《てんちゅう》を加えたんだ。赤倉を殺《や》ったのは、君たちブルジョア階級の幇間《たいこもち》の、お察しどおり我々だ」

と豪語した。

これが四月○日の前日。そこで○日に、初めて記事差し止めが解除されたのである。

あたしはこの記事を、非常な興味をもって読んだ。というのは、その前の月、つまり三月の最終日曜日の夜、あたしは赤倉男爵とTホテルで会食したからである。

それで次の日も、その次の日も、新聞の社会欄を注意していると、前述の記事が出てから二日目に、二人の社会主義者が前言を取り消したということが報ぜられた。すなわち二人は、脅迫は認めるが、殺害の方は否定して、しかも凶行のあった時間には、銀座のカフェーで痛飲していたという明白な証拠を提出したのである。

あたしはこれを読んだ途端に、ふと、「犯人は女じゃないかしら?」と思った。そして机の引き出しから、贅沢に表装した小さな手帳を取りだした。

二

その手帳は、三分の二くらいのところまで認められていて、最後の頁《ページ》には、次のように書かれている。

久山秀子嬢より、明夜の招待を承知する旨の返事がくる。近来になく胸がときめく。処女か、有夫《ゆうふ》か、阿婆擦《あばず》れか、秀子嬢はまったく得体の知れない女だ。里子嬢にふられて以来、女に対してこんなに興味を覚えたことがない。ウフフフ。この俺が（ふられた）か――アハハハ。

さて、前に言った三月の最終の日曜日に、あたしは、あたしに対してある野心を抱いている赤倉男爵から、晩餐に招待を受けた。あたしは渡りに舟と、それを承諾した――といったところで、親愛なる読者諸君よ。「秀子ってやな奴だなア」なんて言っちゃいけない。こう見えたって「隼お秀」。六区に翼《はね》をのす女掏摸《すり》、あたしにはあたしで野心があった。つまり晩餐をともにした時に、とろりとなった男爵から、あたしは七百何拾円入りの紙入れを掏《す》った。手帳は、その際ふと手に入ったのである。

家《うち》に帰ってから、何の気なしに開いてみると、それは公人すなわち実業家としてでなく、一遊蕩児としての男爵の手記だった。例に挙げた最後の頁《ページ》を読んでも分かるとおり、男爵は、そこらにごろごろしてるかいなでの色男や、気障《きざ》けたっぷりな自称通人などと違って、かなり徹底した享楽主義者らしく、思わず苦笑するような露骨な描写が、手記の随所に見出だされた。そして男爵の関係した女は、わずか二年あまり（手帳は二年前の一月から書きはじめられている）の間に、何十人という数に達しているらしい――あたしはこの手記から連想して、犯人は女じゃないかしら？　と思ったのである。

今やあたしは、手帳を最初から注意して読みだした。と、男爵の関係した女には、芸者・女優・もしくは上流紳士相手の高等内侍《こうとうないじ》、といったような種類の女が、多かったことはもちろんであるが、浮気な人妻や良家の令嬢もかなりあった。しかしどれも相当な報酬を与えて、綺麗に片が付けてあるらしかった。

が、ここに唯一つ例外があった。それは最後の頁において、あたしに関する記事の引き合いに出されている池田里子という令嬢で、この令嬢だけは、最初から男爵を敬遠し、犯されてからは怨み続けていて、報酬などにはてんで手を触れようとはしなかったらしい。ところが皮肉にも、好色家の男爵が、この令嬢にだけはどうやら真剣の恋を感じていたらしく、そして前年の五月、偽って酒と催淫剤《さいいんざい》を飲ませて、ついに汚すに至ったのである。以後、里子嬢は、月の第二と最終の日曜日に開かれるTホテルの舞踏会に、姿を見せなくなった。が、男爵はいまだに諦められぬらしく、その後もどうかした拍子には、里子嬢の名が、記事の中に引き合いに出されている。

一方あたしの名は、ちょうど里子嬢と入れかわりに、この手記に現れてくる――そうだ。あたしはあの夜のことを、はっきり覚えている――。


それはすっかり夏めいてきた、蒸し暑い、六月の第二日曜日だった。一人舞踏場の隅に退いて、ほっと一息入れていたあたしは、ふと傍らに、りゅうとした服装の青年がいるのに気がついた。

青年は、そばにいるあたしにはてんで無頓着に、どこかを鋭く凝視していた。あたしは、青年の眼の向かう所を辿った。と、そこには、赤倉男爵が同じ遊蕩仲間らしい紳士と、面白そうに談笑していた。青年の眼の中には、冷静な理知と強固な意志が化合して、青白い炎を放って燃えていた。

あたしは、てっきりこの青年は、あたしたちの同類、砕いて言えば泥棒だと思った。それも、こうした服装をして、こういう場所に入りこみ、場内でも指折りの裕福らしい紳士を見つけて、こんなにも大胆に、しかも落ち着いて看視しているところをもってみると、よほど腕の利いた男だと思った。

と、不意にあたしは、この男が赤倉男爵に心を奪われているのを幸い、この男の金を掏《す》ってやったら面白かろうという、大胆きわまる悪戯《いたずら》を思いついた。それに、よしやり損なったところで、同じ仲間であってみれば、なんとか話し合いもつくだろうとも思った。

ところが実際あたってみると、他愛もなくこの青年から紙入れを抜くことができた。そして、「なアんだ。同類でも何でもなかったんだ」と思い返して、我知らず苦笑した。

その夜、あたしは紹介もなしに、赤倉男爵に話しかけた。そして、御前様をつけねらっている目つきの悪い男がございますから、ご注意遊ばせと忠告した。あたしは、場内で幅の利く男爵と、近づきになっておきたいと思っていながら、紹介してもらうような人がないので、途方に暮れていた時なのだった。

三

さていつのまにか、ずいぶん脱線しちまったけれど、男爵の手帳に載っている女の中で、嫌疑をかけてもよさそうなのは、池田里子嬢一人になってしまった――といったところで、犯人が女だという論拠があるわけではなし、ピストルで人が狙えそうな女が、果たして日本にいるかどうかも危ない話だし、ましてあたしは、里子嬢とかいう人は、まるで知らないのではあったが、もともと犯人を探しだしてどうしようというではなく、ほんのちょっとした物好きから始めたことなので、外れたってもともとと、菅野《すがの》子爵夫人を訪ねることにした。

というのは、夫人は最初からのTホテル舞踏場の常連で、今では、そこの女王のように振る舞っている。だから、舞踏場に出入りする人で、少しでも有名な人なら、夫人が知らないわけはないのだった。

果たして夫人は、里子嬢をよく知っていた。そして喜んで紹介状を書いてくれた。

あたしは早速、それを持って小石川の里子嬢の家《うち》を訪ねた。

時代の付いた門。門から玄関まではかなり離れていて、両側の植え込みの下には苔さえも見える。――まったくここには、今の東京に珍しい物静かな春が訪れていた。玄関に立った時、どこかで鶯《うぐいす》が、ホーケキョと鳴きおさめた。

あたしは行儀のいい小間使に導かれて、庭に面した客間に通された。むろん日本間で、床には文晁《ぶんちょう》の画幅――と、待つ間もなく里子嬢が入ってきた。

見ると、この家に、この客間にふさわしい、浮世絵にあるような――と言ってけっして婀娜《あだ》めいたのではなく、気品のある瓜実顔《うりざねがお》の美人である。(この方が舞踏場に?)――あたしはまず驚いた。と同時に、あたしの探偵心は、見事に打ち砕かれた。けれども、後悔する必要は少しもなかった。というのは、向かい合っているうちに、とてもあたしは里子嬢が好きになったのである。荒《すさ》みきった、汚《けが》れ果てたあたしの心が、だんだん洗い清められるような気がするのである。

里子嬢のあどけないいい口元、人懐《ひとなつ》こい目つき――その黒目がちの眼は、実によく働いて、この、どっちかといえば旧式な美人に、思いもかけない生き生きとした表情を与えた。ただ時に、不用意なあたしが、舞踏場に出入りする人の噂などを持ちだした時、暗い影が、さっとその美しい顔をかすめたが――それは、いまだに男爵から受けた心の傷が、痛むのでもあろうか——

とまれ、はじめ訪ねた時の、探偵などという考えはどこへやら、あたしは今は清らかな歓喜に浸されて、またの訪問を約しながら、名残おしくもその日は辞し去ったのである。

二三日して、また訪ねると、玄関に車が一台待っていた。（おや、お客様かしら？）と思ったものの、いまさら引き返しもならず、あたしは案内を乞うた。と、出てきたのは里子嬢で、「あら。まアよくいらしってくださいましたわね」と嬉しそうに、今はすっかり打ち解けて、まるで親しい姉を迎えるような態度である。

四

「あの、お客様じゃないんですか？」席に落ち着くとすぐ、あたしは聞いてみた。

「いいえ。別に」と、里子嬢はにっこりして、

「玄関の車でしょう？」

「ええ」

「お医者様ですの」

「どなたかお悪いんですか？」

「父が少し……」

「まア。ちっとも存じませんものですから……」

「あら、ようございますのよ」里子嬢は笑いをこらえながら、

「病気だか病気でないのか、分からないような病気なんですもの。おかしな父様《とうさま》ですわ」

「だって……」

「ほんとなんですもの。今朝《けさ》もね、みんながまだ寝ていますうちに、床《とこ》を抜けだして
――ご覧遊ばせ」と、里子嬢は床の間の桜に眼をやりながら、

「あの桜ね、心臓が悪いって臥せってますくせに、自分で切ってきて活けたんですって。

そしてあたしに、『里子、朝日に匂う山桜っていいもんだぜ。お前みたいな寝坊は、見たことはあるまい』って申しますのよ」

里子嬢は再びにっこりする。娘を愛する父、父を愛する娘――その娘が、父の機嫌のいいのを見て喜ぶ時にのみ見ることのできる、心からの笑いである。喜びである。その喜びを象徴するかのように、桜は、床の間に咲き乱れている。

「綺麗ですこと」あたしはすっかり幸福な気持ちになって、我知らず嘆声を漏らした。

「裏庭には、まだたアんと咲いてますのよ」

「まア。拝見いたしとうございますわ」

「ええ、お供いたしましょう」

二人は庭下駄を引っかけて、飛び石づたいに裏手へ回った。と、そこはほとんど人通りのない細い小路《こうじ》を隔てて、植物園と背中合わせになっていて、植物園の方も、こっちの庭

も、青空が見えないほどに桜が咲き乱れている——東京にいるとは思われない、この世にいるとも思われない。あたしは茫然と花の雲を仰いだ。

その時、「父様はこれをお切りになったのね」と、呟《つぶや》く声に振り向くと、里子嬢は、一本の大きな樹の下に立っている。

なるほど、太い幹に梯子《はしご》が掛かっていて、あってはかえって邪魔とも思われる下枝の中程に、——見事——鋸《のこぎり》の跡が新しい。

里子嬢は、あたしの近づいたのに気がつくと、振り返って、

「あの枝ですのね」

「そうのようでございますね」

「何もこの木から切らなくってもいいんですのに。……」と、なぜか恨みがましい。

途端に、あたしは太い幹に、ぽつぽつ孔《あな》の開いているのに気づいた。そして電気でもかけられたように、身体《からだ》じゅうの神経が、ぴりぴり震えた。天国に遊んでいた幸福なあたしの魂は、一瞬のうちに、どんと突き落とされた。気がつくと、そこは地獄の血の池だ——孔は、まぎれもない弾丸《たま》の跡である。

「何でしょう？　ぽつぽつ孔が開いて」あたしは何気ない風に聞いた。

「ああそれ？」里子嬢の顔色は悲しげである。しかしそれは、清らかな、無邪気な、淡い悲しみの影にすぎない。里子嬢は続ける。

「兄のいたずらですの。ピストルの稽古だとか申しまして……」

「お兄様がいらっしゃるんですか？　ちっとも存じませんでしたわ」

「ええ。家《うち》におりませんものですから」

「ご旅行でもなすってらっしゃいますの？」

「ええ……いいえ。それが分からないのでございます」

「まア。なぜ？」

「家出をいたしましたの」

「じゃ、どちらにいらっしゃるか分かりませんのね？」

「え。はじめはずいぶん探してみたんでございますけれど……」

「なぜでございましょうね——こちらのような平和なご家庭をお捨てになって……」

「それが分かりませんの。兄は父や母とも仲がようございましたし、私にも良くしてくれていましたのに……もっとも私にだけは、少しは心当たりもあるんでございますけれど……」

「と、おっしゃいますと？」

「私のしましたことに、腹を立てたのじゃないかと思いますの……ご免遊ばせ、とんだ内輪の悲しい出来事を、お聞かせ申したりなんかして」

「いいえ、ちっとも……でもお兄様は、大変あなたを愛していらしったんでございましょう？」

「それはもう……ですから私、兄にだけは何でも打ち開けましたの。でも、そのために気を悪くしたんだと思いますと、私悲しゅうございますわ……私一人の胸にしまっておかなければいけない悲しみでしたのにね……ですから父などは、まるでそんな事情を知らないものですから、ただ兄のことを怒っていますわ。もっとも内心はそんなでもないんでしょうけれど……この枝を切って活けたのも、始終兄の遺品《かたみ》を見ていたいためかもしれませんわね」

里子嬢の澄んだ眼に露が浮かんだ。自分自身のために泣くのではない。父に、兄に、同情する涙である。

「もうそんなにご心配なさらない方がようございますわ……ね……ね」

あたしはいつか、里子嬢の肩を抱いていた。

「ほんとに私、いけない女ですわね。あなたにまでご心配をかけまして」

気を換えるように、里子嬢は強いて涙の眼ににっこりして、

「兄の写真をお眼にかけましょうか？――散らかっているんですけれど、私の部屋へいらっしゃいましな」

病室と思われる辺りに、鶯《うぐいす》が、ホーと鳴いた。

五

「あら、それをご覧になっちゃいけませんわ。私、変に撮れているんですもの」

里子嬢は、あたしの手から写真を取りあげて、他のを渡す。

「ね、これこれ。この方、私のお友達ですの。お綺麗でしょう?」そう言いながら、また箱を掻き探している。

開けた窓から、時々、思い出したように、暑くなく寒くもない微風《そよかぜ》が、迷い込んでくる。

「やっと見つかりましたわ」里子嬢は明るく笑って振り向く。

「どれ。ちょっと拝見」あたしは思わず乗りだした。

「どの方でしょう――お兄様は?」

「お分かりにならなくって? これですのよ」

「まア、この方?」あたしは我知らず叫んだ。

「ご存じですの?」

「いえ――ちっとも」あたしはあわてて打ち消した。けれども、何で忘れよう?――去年の六月、Tホテルの舞踏場で、あたしが紙入れを掏《す》りとった青年紳士ではないか。

「皆様、一高ですわね」

「え。バンカラでしょう? 大学へ行くようになってからは、少しはハイカラになってしまったけれど」

「大学へ行ってらっしゃいましたの?」

「え。工科へ。でも去年の夏家出をして……」里子嬢の顔が曇る。あたしは話頭《わとう》を転じたくなった。で、聞いてみる。

「この他に、お兄様のお写真はありませんの？」

「これっきり。もっとも子供の時のならございますけど——自分で写そうなんて気は、てんでないんですから、これも確か、この方の」と、まん中に頑張った達磨《だるま》みたいな学生を指して、

「送別会の記念だとか申してましたわ」

「何の送別会でしょう？」

「お家《うち》の事情で、退学してお国へお帰りになったんですって。今ではお国で、町長さんか何かしていらっしゃるんでございましょう。いつでしたか兄が、こいつが町長か——なんて笑っておりましたから」

ふとあたしは、ある考えが浮かんだ。

「何てお名前の方なんでしょう？」

「聞きましたけど、私忘れましたわ。一度もお遊びにいらしったことはございませんし……」

あたしは達磨《だるま》君の帽子が気になりだした。帽子の白線には、一高式に名前が書いてあるらしい。

あたしは他に約束があったのを、いま思い出したようにして、急に帰ると言いだした。里子嬢はなかなか聞かなかった。果ては、甘えるように言うのだった。

「それじゃ私、困ってしまいますわ。今日は是非、ゆっくりしていただくつもりでした

のに」

「ですけれど……ええ、では明日、明日きっとまたお邪魔に参りますわ。そのとき残りの写真も、ぜひ見せてくださいましね」

春風に吹かれて、一ひら二ひら、花弁《はなびら》が窓から舞いこんだ。

「あら花弁が」あたしは立ちあがって、窓から空を見あげた。

六

約束どおり翌日訪ねると、里子嬢はやはりいそいそと出迎えはしたものの、顔色はなぜか曇っている。

昨日《きのう》の部屋で、写真を一枚一枚見ているうちに、あたしはたまらなくなってきた。

「何かご心配なことでも、おありになるのじゃございませんの?」

「ええ、今朝《けさ》から父が少し……」

「お悪いんですの? ご免あそばせ。そうとは存じませんものでしたから——では今日はこれで……」

「いえ。それには及びませんの。私、今朝から父が、しきりに兄に会いたがっていることを、考えてましたものですから」

この時、あたしは既に、里子嬢の隙をうかがって、袂《たもと》に忍ばせた小型の拡大鏡で、達磨君の帽子の白線を調べ終わっていた。想像どおり、白線に書かれた文字は——（S・O）——

もう猶予はできない。あたしは赤坂に駆けつけた。

一時間の後には、あたしは、清水《きよみず》で聞いた自動車屋の前に立っていた。

「至急に一台お願いしたいんですが……」

「承知いたしました。お嬢様がお召しになるんでございますか？」

「ええ——それからあの、小川さんがいらっしゃいましたら、小川さんに運転をお願いしたいんですけれど……」

「おーい、小川」あたしに応待していた若い衆は、内の方を振り返って、頓狂《とんきょう》な声を出した。

「君行ってくれ。後でおごるんだぞ」

「よしたまえ、つまらないことを」と言ううちに、小川と称する青年は、同僚の方もあたしの方も、見向きもしないで、はや運転台に乗っていた。自動車は通りにすべり出る。

最初出た若い衆が戸を開く。あたしは乗る。

「どちらへ？」素っ気ないようでいて、しかも犯しがたい気品と、明るい愛嬌を含んで、小川の問は凜と響く。

「品川の海浜ホテルまで。知ってて？」

「存じております」

自動車は動きだす。やがて巧みに邪魔を縫いながら、矢のように走る。海浜ホテルに着く。自動車の止まるのを待って、あたしは自分で戸を開けながら言った。

「少し荷物を手伝っていただきたいんですから、一緒についてきてくださいましな」

「はア」小川は素直についてくる。

と、あたしは、こんな立派な青年を従えて、主人顔をして歩くのが気はずかしくなった。しかしそんなことを考えてる場合ではない。あたしは、借りている部屋の戸を開けて、二足ばかり踏み込んだ。そして後ろを振り向いた。

「あのトランクを持ちだしてくださいまし」

「承知いたしました」小川は大股《おおまた》に窓際の方へ歩いていった。

あたしは、ぴんと錠を下ろしてしまった。

「池田さん」

「え？」小川は覚えず振り返った。がすぐ落ち着いた調子で、

「お呼びになったのかと思いまして……」と言いながら、トランクに手をかけた。

「ええ呼びましたの、池田忠夫さんを」

「お人違いでございましょう。私は小川三平って申します」

「まさか。小川さんはお国で、町長をなすってらっしゃるはずですわ。そして一高時代のご親友のために、ご自分の戸籍謄本をお送りになったように伺いましたけれど……」

一瞬、青年の顔の筋肉は強張《こわば》った。ただ口《くち》の端《はた》の筋肉だけが、ぴくぴく痙攣《けいれん》した。血の

気は、疾《と》くに顔から失せていた。

しかし、それは長くは続かなかった。やがて青白いながらも、青年の顔は生き生きと輝いた。そして堅い決心のこもった、落ち着いた調子で口を切った。

「もう隠しません。ご推察のとおり、僕は池田忠夫です。代々木の原の真夜中に、故障ができたと自動車を止めて、男爵を射殺したのは、この私に相違ございません」

「まア、何をおっしゃってますの？　あたしには何のことだか、ちっとも分かりませんわ。誰もあなたを疑う者は――いいえ、非難する者はございますまい。ですから、もうお家《うち》へお帰りなさいましな。ほんのちょっとでもようございますから。お父様が心臓がお悪いんです。あなたに、忠夫様に会いたがっていらっしゃいますわ。ちょっとでもお帰りになって、お妹さんを慰めてあげてくださいましな」

「どなたです、あなたは？」

「あたし？――ははは――こんな者でございます」あたしはそう言って、小さく畳んだ紙を渡した。その紙には、こう書いてある――

誓って貴下に復讐します。
汚《けが》されたる少女の兄

忠夫さんは呆《あき》れて、あたしと紙片とを見比べた。

「これは……?」

「あなたの紙入れに入ってましたの。去年の六月舞踏場で、あなたに戴《いただ》いた紙入れに――ええ、無論お断りなしに戴きましたの――あたしの名前?――そうね――隼お秀って申します――掏摸《すり》ですの――では、これでお暇《いとま》いたしますわ。もう二度とお眼にかかることはございますまい」

あたしは急に眼の中の熱くなるのを感じた。あたしは忠夫さんに涙を見せることは、どうしても嫌だった。そこで急いで、鍵孔に鍵を差しこんだ。忠夫さんは身体《からだ》は動かさなかったが、追いすがるように叫んだ。

「待ってください」

けれどもあたしは、既に戸の外にすべりだしていた。

「いけません――ではこれでいよいよ――忠夫様、いつまでもご機嫌よろしくお暮らし遊ばしますように。里子様にも、よろしくね」

浜のお政

はしがき

あたし、嫌いなものは色々あるけど、――みみずだの、なまこの煮たのだの――って、そりゃア色々あるけど、文学青年なんてものも、確かにあんまり好きじゃないわね。大掃除に雇われたイプセンみたいに頭をもやもやにして、コーヒーとバットで、カフェの隅にとぐろを巻きながら、プロ文学がどうの、新感覚派がどうの、――チェーッ。手前《てめえ》たちみたいな親脛《おやすね》に、何がプロ文学？　そんなぬらぬら野郎に、何が新感覚？　一頃あたしが世話になってた、私立探偵の富田達観《たつかん》さんは、

「あの連中の話を聞いてると、歯が浮いていけませんね」って言ってたわ。豚刑事の高山さんだって、

「あの連中は、隼お秀の子分より始末が悪い」って、抜かしたそうよ。

憚《はばか》りながら掏摸《すり》と、文学青年なんかと一緒にされちゃたまらないけど、高山さんの言うのは真実よ。

あんな脂ぎったにきび面で、婦人をじろじろ見るなんて、まったく衛生に害があるわ。浜のお政の餌食になるのも無理もないわね。

一

浜のお政は、隅っこのテーブルに、露出《むきだ》しにした見事な両肘をついて、丸っこい肩の中に、バッブド・ヘアのよく似合う綺麗な顔を埋めながら、ふっと紙巻の煙を吹きました。そこはお政の縄張り——横浜の支那人街に近いカフェ・コチョヘナで、お政は例によって、お女郎蜘蛛みたいに網を張って、それに引っかかる餌を待っているのでした。

以前はお政の網に引っかかるのは、かなぶんぶんみたいな外人の下級船員や、金蠅《きんばえ》みたいな支那人に決まっていました。ところが数年前、いかもの讃美派の文豪、鎗先《やりさき》の潤ちゃんて剽軽者《ひょうきんもの》が、お政を紹介してからってもの、蜻蛉《とんぼ》みたいに頭をてかてかにした文学好きの若旦那や、痩せっぽちの蚊学《ぶんがく》青年も引っかかるようになりました。——ええそうよ。お政はいじきたなだから、片っ端から、みんな食べちゃいました。

さてお政は、輪になった煙が、ツンとした鼻の先で砕けるのを見届けてしまうと、

「チョッ。なんてえ日なんだろう。まだ一匹も引っかかりゃアしない。嵐でもくるんじゃないかしら」——なアんて、ほんとの蜘蛛じゃないから、そんなこたア言わなかったけど、つまんない顔をして、滑《すべ》っこい腕に眼を落としました。その左の手首には、可愛いプラチナの腕時計が、十時を指して、きらきら光っていました。

お政はますます不愉快になりました。それは、昨日、ある会社の金を費《つか》いこんだ男の調

査のために、富田達観《たつかん》さんが訪ねてきた時のことを、思い出したからでした。

その時、何かの拍子で、達観さんが、隼お秀のことを話したのに対して、お政は――掏《す》摸《り》なんて馬鹿ですよ。詐欺や美人局《つつもたせ》の方が、どんなに上品で、知的で、利益が多くって、安全だか分かりゃアしませんわ――って、大気炎をあげたのでした。ところが、その次の日の今日が、この不漁でしょう――。

お政は、やり場ない癇癪《かんしゃく》を指先にこめて、用もないのに、チュッ、てマッチを擦りました。途端に、入口のドアが開いて、小柄な、美しい青年が入ってきました。青年は、少しの躊躇もなしに、お政の所から二つ目のテーブルについて、ウィスキーを注文しました。上品な型の洋服、古代紫のボヘミアン・ネクタイ。――うふふ。『女性』愛読者の坊ちゃんだわ。――お政はこう思って、すっかり嬉しくなりました。

でも、そんな素振りは見せないで、折からウィスキーを持ってきたボーイに、

「ここにも一つ」と言いながら、にっこり、坊ちゃんの方を振り向いて、

「あなた、画家さんなの？」と、呑んでかかった声は、朗らかです。

赤くなって、坊ちゃんが、

「え……」と、頭へ手をやる間もあらせず、

「――そんなお河童《かっぱ》にしてさ。それとも詩人？」お女郎蜘蛛の吐く糸は、一筋二筋三筋、ふわりと横に流れて、赤蜻蛉《あかとんぼ》の羽に、べとりと粘り着きます。やがて、手練の糸にたぐり寄せられて、赤蜻蛉は他愛もなく、手管《てくだ》の網にかかりました。

二

「まアいやに黙っちまって、――どうしたの?」お政は、自分のベッドに腰をかけて、足をばたばたやりながら、酒臭い息を吹いて、上機嫌です。

お政とテーブルを隔てて、『女性』愛読者の坊ちゃんは、酔った勢いで、カフェ・コチヨへナから三町ばかり――この怪しげな安ホテルに、連れこまれはしたものの、これからどうなることやら?――ただまじまじと、向かいの壁にかけた、白鳥に戯れる裸女の着色画を、見あげるばかりです。この安ホテルのこの安っぽい部屋に相応した絵です。坊ちゃんは、そう言えば、まだ三月に入ったばかりってのに、暖房の備えもありません。坊ちゃんは、い、い、ぶるっと身震いをしました。

「どうしたのよ? 気分でも悪いの?」お政は、坊ちゃんの顔を覗《のぞ》きこみます。

「いえ、別に、……」

「酔いが醒めてきたのよ、きっと。寒かアない?」

「少し、……」

「じゃア、これでも着て」と、お政は、壁にかけた自分の外套《がいとう》をはずして、後ろから坊ちゃんに着せかけて、肩を抱きしめます。坊ちゃんは、自分の胸に絡みついた腕に、可愛い時計が、十二時を示すのを見ました。坊ちゃんが甘えるように、そっとその腕を押さえ

ると、お政の呼吸が近づいて、二人の頬が触れ合います。と、お政は、つと身体《からだ》を起こして、

「ね、も少し飲もうよ」

坊ちゃんは、お政がよろよろと、洋酒を置いた棚の方へ行くのを、眼で追いながら、

「僕便所へ行きたいんだけれど、――どっち？」

と、お政は笑顔に振り返って、

「廊下を右へ行ってね、左へ曲がって、突きあたり」

坊ちゃんは、ふらふらと出てゆきました。お政は、後を見送って、

「おめでたい坊ちゃんだねえ。さっきのチップの出しっぷりだと、どっさり持っているよ」

呟きながら、チーズを切って、お皿に並べました。

「だけど、ずいぶん長いねえ」今度は、グラスの位置を直します。まだ、坊ちゃんは帰ってきません。

お政は、コニャックの罎《びん》を左手に差しあげて、電灯にかざしました。と、投げつけたのかと思うほどの勢いでそれを置いて、あわてて左の袖をまくりあげます。続いて右の袖をまくりあげます。――しかし腕時計はありません。

酔いも一時に醒め果てて、お政は廊下に飛びだしました。やがて、

「畜生っ」と、吐きだすように言いながら、帰ってきました。そして、やけにベルを押します。

お政は、給仕頭が来ると、頭から怒鳴りつけました。

「間抜け。鴨が逃げたじゃアないか」

「じょ、冗談じゃねえ。あっしにそんなこと言ったたって、無理でさア。一緒にいたなア、姐御《あねご》だったんですぜ。……だが、お待ちなせえよ。もう玄関が閉まってますから、とてもこの家から逃げだされやしませんよ」

「じゃすぐ、玄関番の爺を呼んでおくれ。そしてお前さんは、代わりに玄関にいるんだよ」

給仕頭と入れ違いに入ってきた爺は、キョトンとして、

「姐御、いつ帰ったんだね?」

「お寝呆けでないよ。あたしゃア、どこへも行きゃアしないやね」

「じゃさっきなア、姐御じゃなかったのかい? おいらまた、外套《がいとう》がおんなじだし、丈も同じくれえだし、頭アお河童《かっぱ》だし、それに黒いヴェールを被《かぶ》ってるんだから、てっきり姐御だと思ったのよ」

この時お女郎蜘蛛は、怒りの毒汁を吹きながら、小癪にも網を破って逃げ去った蜜蜂の行方をにらんで、跳ねあがりました。と、蜜蜂が残してった帽子が眼に入ったので、邪険にそれを叩き落とすと、中から、はらりと現れた紙片。お政は、震える手に拾いあげて、読んでゆきます。

親愛なるお政様。どうも結構な腕時計を、有り難うございました。昨日富田の小父《おじ》さんに伺いましたが、あなたのご職業は、たいそう知的で、利益が多いんですってね、まったくですわ。

秀　子　拝

娘を守る八人の婿

一

その日の稽古が終わって、みんなが雑談の花を咲かせていた時、舞台監督の清山さんが、誰にともなく相談を持ちかけた。

「久山さんの衣裳だけは、劇研究会で拵《こしら》えた方がいいと思うけれど、……」

「あら、それじゃあたし困りますわ」あたしはあわてて謝《ことわ》った。

「しかし和服が二通り、それに洋服と、――都合三通りいるんですから」北町さんが、あたしの顔色を窺《うかが》いながら、気どった声を出した。

「だって皆さんが、衣裳はご自分持ちなんですもの」

「なアに、みんなのは」清山さんが言った。

「簡単だから、どうにでもなる。……ねえ？」

「そうとも」窪田さんが即座に答えた。

「おら、兄貴の背広を着込んでくらア」

「でも、――ダイヤの指環《ゆびわ》だの、プラチナの時計だの、真珠の首飾りだの、――皆さん本物を持っていらっしゃるってお話じゃないの？」

「ええ、僕はお袋の指環を持ちだすんです」にこにこしながら、上村さんが駝鳥《だちょう》のように首を延ばした。

「僕は親爺の時計を借りるんだ」負けない気になって、チビの大久保さんが力《りき》み返った。それに続いて、他の者（北町さんも、窪田さんも、柴野さんも、杉島さんも、川中さんも）銘々、いたずらっ児らしい方法を考えだした。

「河崎君、君は？」清山さんが、さっきから沈みこんでいる河崎さんの方を振り向いた。

「僕はどうも、……」おとなしくて可愛らしい河崎さんは、困ったように呟いた。

「何でしたっけ、貴方のは？　……あ、腕環《うでわ》でしたわね」不意にあたしは、暖かい微笑が、胸先にこみあげてくるのを感じた。そして続けた。

「では、小間使の美智のをお借りになればいいわ。去年のクリスマスに、あたしが贈ったのを持ってるはずですから」

「ようよう」大久保さんが頓狂《とんきょう》な声を出した。

「河崎。しっかりしろよ」上村さんは、にやにやした。河崎さんはすっかり赤くなってしまった。――あたしは、その訳を知っている。

＊　＊　＊

――なアんかんて、やにおさまり返って書いてきたけれど、これは二年、三年、四年ばかり前のお話なのよ。

その頃T大学の文科に劇研究会ってものがあった。当時第一回の女子聴講生として、大いにチンピラってたあたしも、その劇研究会の会員の一人だった。

この研究会は、その年――つまり大正十年の晩春、――第一回の試演を、T大基督《キリスト》教青年会館でやることになった。稽古は、本郷根津の××寺の離れで行われた。

出し物の一つに、北町さんの喜劇「娘を守る八人の婿」が選ばれた。

それには、一人の非常に美しい伯爵令嬢と、令嬢に対する八人の求婚者が、登場することになっていた。八人の求婚者たちは、銘々自分の長所によって、令嬢の愛を得ようとした。そして銘々が常に肌身放さず持っているダイヤの指環や、プラチナの時計や、真珠の首飾りなどは、それぞれ求婚者たちの長所を象徴しているのだった。

令嬢はどの求婚者にも、特別な興味は感じない、――つまり誰からも、指環や時計などのような貴重品を受けようとはしなかったけれど、――活潑で、いたずら好きで、賢くて、しっかりした性質だったので、どの求婚者とでも腕を組んで、明るい日光を浴びながら散歩した。誰とでも肩を並べて、応接間のソファに腰掛けながら、暮れてゆく空を賞美した。――

この伯爵令嬢の役に、会員は一致してあたしを推薦した。ことに上村さんや大久保さんや北町さんはじめ、八人の求婚者に扮する人が、熱心に主張した。――だからあたしは、上村さんにしても大久保さんにしても、役柄があたしにはまってると考えたと言うより、あたしに手を握ってもらいたかったんだと思う。つまり男ってものが、一体に〇平《べい》なのよ。

――ワアイだ。くやしかったら何とか言ってみろ。

と、まアそんなわけで、あたしは伯爵令嬢の役を引き受けちまった。そして荒川堤の花の散る頃から、毎日根津の××寺で稽古をした。あたしの「衣裳」について清山さんが相談を持ちかけたのは、こうして稽古をしていたある日のことだった。

さて、あたしの衣裳は、あたしの主張どおり、やはり他の人と同じように、自分で持つことになった。――まったく男なんて、美人の言うことならたいてい聞くものよ。

二

そのうちにいよいよ試演の日がきた。学生の研究団体などとしては、珍しく三日間の興業だった。

「T大学」の名に釣られたのか、(文学青年でござい)と言わんばかりのぬらぬらぬらした青年やら、男欲しそうな女学生やらで、初日二日目ともに大入り満員、あたしの「伯爵令嬢」は、都下の大新聞までが提灯《ちょうちん》を持ってくれたので、わけても評判の中心になった。――さて三日目。これはまた初日二日目にも増した盛況で、主催者側一同、まるで有頂天だった。

ところであたしの役は、前にも言ったとおり、八人の求婚者と握手したり、肩を並べたりすることになっていたのだが、その日に限って、もっと突っこんで演《や》った。

まず第一に、上村さんと握手するところを、首っ玉に噛《かじ》りついてやった。と、上村さんは、駝鳥《だちょう》が機関銃を食ったような顔をした。初心《うぶ》な大久保さんは、思いがけなくあたしにほっぺたを押しつけられて、真っ赤になってしまった。北町さんはふうふう呼吸《いき》をはずました。

窪田さんは春機《しゅんき》発動期の達磨《だるま》みたいな顔になった。柴野さんは水母《くらげ》みたいにくにゃくにゃになった。杉島さんの目つきはトロンとした。川中さんはぶるぶる震えた。――ただ河崎さんだけは、別に変わったところはなかった。なぜなら、……。

三

割れるような喝采のうちに、幕が下りた。大勢の（新しき堂摺連《どうするれん》）に取り巻かれながら、あたしは揚々として楽屋に帰った。そして衣裳を脱ぐと、それを美智が、片っ端から手早く、しかし物静かに、トランクの中に始末をした。

ところへ北町さんが、もやもや頭を掻きむしりながら、青い顔をして入ってきた。

「どうかなすったの?」

普段着に着代えながら、あたしは声をかけた。

「ええ、首飾りをなくしちゃったんです」

「まア。どこで?」

「それが思い出せないんです。舞台からここへ帰った時には、確かにポケットにあったと思うんですが、……」

そう言って、しょんぼり出ていった。と、入れ代わりに、きょろきょろしながら杉島さんが入ってきた。

「久山さん、僕の指環知らない?」

「あのルビーの入った? ……いいえ」

「いつ落としたろうなア」杉島さんはこう呟いて、考えこんだ。

親切なあたしは、慰めるつもりで、

「あ、そうそう」と、快活に言った。

そして急に杉島さんの耳に口を寄せて囁《ささや》いた。

「キスした時には、たしかに薬指にはまってたわね」

「えええ」杉島さんは、目尻を下げて頷《うなず》いた。

「そして退場なさる時も、はめていらしてよ」

「そうでしたねえ」今度は鼻の下をのばした。

しかし首飾りや指環のなくなったのは、この二人だけではなかった、河崎さんを除いた他の五人も、それぞれ貴重品の紛失していることを発見した。電話は、直ちに警察へかけられた。

一方観客席《けんぶつせき》でも、盗難に遭った者が三四人あった。そして謙吉《けんきち》、由公《よしこう》という二人の掏摸《すり》が挙げられた。あたしはその二人が、とんでもないところで拍手したのを覚えている。

——あいつら、きっと色情狂なんだわ。

その夜、河崎さんとあたしは、一通り警察の尋問を受けた。しかし親切なる七人の婿たちは、二人がけっしてそんなことをする人間でないということを、保証してくれた。もっともその中には、あたしが三日目に限って、握手するところを抱きついたり、肩を並べるところでキスしたりしたことに対して、不審を抱いた者がないではなかった。しかしすぐ、(久山さんは僕に恋してるんだ。だから舞台を幸い、ああいうことをしたんだ)

——というように思い返して、フフフフフと、思い出し笑いをしたのだった。

四

翌日の宵である。袷《あわせ》では汗の滲むほどの暖かさ。月はおぼろに霞んで、若人《わこうど》を恋の国へ誘《いざな》った。それは、華美な広間に咲く恋もあった。暗い木陰に人目を避ける恋もあった。

この宵に、T大学の裏門を出た一組の若い男女は、これは人目を避けたい方なのか、寂しい小路《こうじ》小路を選んで、ひしと寄り添いながら、上野の方へ歩いていった。

女は可愛い目元に心配を湛えて、男を見上げて言う、

「もう疑いはすっかり晴れたんでしょうか?」

「だろうと思うんです」

「貴方《あなた》に疑いをかけるなんて、警察も随分ねえ」

「仕方がありませんよ。僕の持っていた腕環《うでわ》だけが、なくならなかったんですから。もっとも僕は、自分の魂を忘れたって、これだけは落としたりなんかしないつもりですが、……」

「まア貴方、……」

「え？」

「いえ、何でもないの。……でもね、皆様はなくする方が当たり前ですわ」

「なぜ？」

「だって、ほんとにお嬢様に愛せられたと考えるなんて、あんまり自惚《うぬぼ》れが強すぎますもの」

「みんな、そんなふうに考えてるんでしょうか？」

「そうですとも。三日目に舞台から帰っていらした時の、皆様の様子ったらありませんでしたわ。それこそ魂が抜けて、足がまるで床についていないんですもの。あれじゃ、どんな貴重品を落としたって、気がつきませんわ。ことに昨夜《ゆうべ》つかまった掏摸《すり》が、舞台裏にでも隠れていたんだとすれば、のがしっこありませんわ」

「でもねえ。あの掏摸は観客席《けんぶつせき》から取った物こそ持っていたが、みんなの指環や時計は、どこにも隠していないんだそうです」

ちょうどこの時、ダイヤの指環をなくした上村さんは、駝鳥《だちょう》が思案投げ首をしたような格好で、「何て言ってお袋を誤魔化《ごまか》してやろうかしら？」と考えていた。プラチナの時計のなくなった大久保さんは、今にも親爺の雷が落ちてきやしないかと、びくびくしながら、小さい身体《からだ》をますます小さくした。

白珊瑚《さんご》の帯止めのパチンを、弟になくされた窪田さんの姉さんは、達磨《だるま》の絵を書いて、それを針で突きさした。なくした金時計のことを思い出しながら、柴野さんは松王丸《まつおうまる》首実験の形で、鉄製の目覚まし時計をにらみつけた。痩せた川中さんは、祖先伝来の蜻蛉玉《とんぼだま》のなくなったことを思って、神経質に眉を寄せた。

けれどもあたしだけは、八人の婿役者のように、恋を囁《ささや》いたり、心配したりなんかしていなかった。あたしは、浅草のワルカ楼で、不良女中のお君さんと、面白そうに話しこんでいた。

「そりゃそうと、今夜は美智ちゃんは？」お君さんが聞く。

「うふふ。媾曳《あいびき》よ」

「え？」

「羨ましかない？」

「知らないわ。……でもあんな可愛い娘《こ》に思われるなんて、幸せ者ね」

「まったく。だからね、……あたしこれを機会《しお》に、あの娘に足を洗わせようと思うの」

「でも、あんなに貴女《あなた》になついてるのに、……聞くかしら？」

「さアね。でも是非そうさせるわ。第一あの娘の性質は、ほんとのところは善良なんだし、それに対手《あいて》が対手《あいて》だものね」

「どんな男？」

「今は学士様よ。素敵でしょう？」

「まア？」

「妬《や》けやしない？……だからどう？　美智ちゃんの代わりに、あたしの乾児《こぶん》にならない？」

「いくらあたしが不良だって、まさか、……。これはお秀ちゃんの前でどうも失礼」

「うふふふ。いいわよ」

「ふふふふ。……その帯止めも一件物なの？」

「そうよ。……しかも昨夜《ゆうべ》。白珊瑚ですって。……それからこのダイヤの指環《ゆびわ》もよ」

「そう聞くと、ちっと心が動くわね。でもあたしみたいな野呂間《のろま》じゃ、ここで貴女の斥候をしてるくらいが分相応だわ。……そう言えばね、さっき仙ちゃんが通したお客が、だいぶ懐が暖かそうよ」

「そう？　じゃ君ちゃん、もう下へ行ってちょうだい。そしてそのお客が帰りそうにしたら、ちょっと知らしてね」

　そう言って、あたしはきっとあたりを見回した。

五

それからもう、――一年、二年、三年、四年になる。

風の便りに聞けば、今では上村さんと大久保さんは、コッチ島のトン活撮影所に入って、田中痫々郎氏の監督で、ノッポとチビの喜劇を撮《うつ》しているという。北町さんは、最近に本願寺大劇場から芽を出しかけた。窪田さんは、大学なんかには後足で砂を引っかけて、北海道の処女林を伐《き》り開きに行ったと聞く。歌舞伎好きの柴野さんは、とうとう田舎回りの座頭《ざがしら》になった。杉島さんは外交官の試験におっこちた。川中さんは、近頃新進作家として売りだした。

ただ気の毒な河崎さんだけは、去年の九月、肺を患って死んだ。でも相愛の美智子夫人の手厚い看護を受けながら死んだことが、あたしには、せめてもの慰めだ。

その美智子も、それから二月とたたないうちに、同じ病で、恋しい河崎さんの後を追った。臨終に、訪ねていったあたしの手を握りしめて、

「姉様《ねえさん》。死んでもご恩は忘れません」と、ほろほろ涙を流した。と、見るうちに、呼吸《いき》がせわしくなったが、それでも囁《ささや》くように、「さよなら。……あた、あたし、もう、河崎のとこへ行きますわ」――と、その語尾が、かすかに震えて消えていったが、……そのまま、眠るように息を引きとった。

さて最後に、あの当時はまだ駆けだしの女掏摸《おんなすり》だったあたしも、今では六区に羽を伸《の》す隼組《はやぶさぐみ》の大姐御《おおあねご》、——乾児《こぶん》は三十六人いる。御奇特《ごきとく》の方は、いつでもお訪ねくださいまし。時計でも紙入れでも、簪指環《かんざしゆびわ》もお好み次第、いかに用心なすっても、見事に掏《す》ってみせてやらアね。

——（よう、紀の国屋ア）——誰だい、そこで気味の悪い声を出してるなア。

代表作家選集?

はしがき

——チェーッ、秀っぺエ。甘《あめ》えなア。——って言いやアがる。こんなこと言うのは、どうせろくでなしの読者に決まってるけど、でもやっぱり、小説作りにかけちゃア、秀っぺエなる者、まさにぺしゃんこである。だけどどうせ不良少女の告白だもの、甘いのは当たり前だわよウだ。

その代わり掏摸《すり》にかけては隼《はやぶさ》である。その証拠には、こないだも神楽坂で、（袈裟《けさ》を忘れた坊様）みたいな人からすってやった。もっともこの時は、一万円も入ってる紙入れだと思ってやったのが、原稿だったから大笑いである。

それから二日後だったかにも、省線で（三十歳位に見えるボーヤのような顔）の人から、また原稿をすっちまった。

ところが不思議なもので、昨日《きのう》京阪地方から舞い戻ってきた由公《よしこう》の土産の中にも、またまた原稿が二つ入ってた。なんでも一つは阪神電車の中で、も一つは名古屋で失敬したとか言ってた。

こんな物、ほんとに仕様がないけど、でも紙屑籠に入れるのももったいないし――ってんでとうとう前の二つと一緒にして、『新青年』に押っつけることにした。どうもお気の毒様だことね。

闇に迷《まごつ》く……………………隅田川散歩 作

せっかく訪ねてきたものを、会わずには帰されない、きた手紙なら、開かずにはいられない。――住子《すみこ》は女だけに、流行作家某々氏のように、訪問客や来信を、書生に扱わせては相すまないと考えるのである。さりとて、閨秀《けいしゅう》作家の第一人者とまで言われるようになった今日では、無秩序な訪問客や、読者からの手紙の絶え間がない。

夫の世話や創作の他に、こんなことにまで掛かりあってては、まったく神経衰弱にでもなりそうなので、――そこで逃れてきたのが、この海岸の別荘である。たった一人お供をしてきた愛犬のランは、海岸の藻にもつれた魚の匂いを嗅いだり、裏山で小鳥に吠えついたりして、大喜びである。

これでやっと落ち着いたと思うと、住子は筆にも油がのって、東京を立つ前に、二三行書いては消し消ししていた中編を別荘に着いてから五日目の朝には、もう書きあげることができた。住子は最後の筆を置くと、縁側に出て、ほっと深く呼吸をしたのである。

昨日《きのう》の雨は名残なく晴れていた。雨に洗われた空気は潮の香を含んで、胸の隅々まで沁《し》み渡《わた》った。と、そこへ、竹箒《たけぼうき》を持った別荘番の爺やが、じゃれかかるランを払いのけながら、木戸を開けて入ってきた。

「奥様。さっき妙な男が、これ持ってめえりましただ」爺やは手紙を差しだした。

住子は何気なく受けとった。表にはただ「奥様」とだけある。裏返したが、見知らない名前である。

「どんな方?」

「鼻に、……へへへへ、鼻っ欠けなんでごぜえますだが、その鼻んところに、膏薬《こうやく》貼った、……」

「おお嫌だ」

「私もハア、間違いだんべえと思って、よーく聞いてみましたが、……やっぱり、奥様に違いねえと申しますだ」

気のせいか、手紙はしっとりと湿気を帯びている。住子は気味悪げに、それを縁側に置いた。

爺やは竹箒を下げて、再び、木戸から消えた。住子は、不気味な手紙を前にとり残された。春の朝の明るい日光を浴びて、身体《からだ》は少し汗ばんできた。ランは縁先に畏《かしこ》まって、お手前拝見とばかり、女主人を見守っている。住子は思いきって封を切った。

赤黒い字である。血で書いたんだ、人の血で書いたんだ。——住子は思わず周囲を見回した。しかし手紙は、もはや住子の心臓を摑んでいた。一字一字は、血なまぐさい臭気を放ちながら、住子の眼に飛びこんでくる。手紙は、「奥様」という言葉で始まっていた。

「奥様。

突然お手紙を差しあげます失礼を、お許しくださいまし。

奥様。いったい私は、生きているのでございましょうか、死んでいるのでございましょうか。どうも死後のことのような気もいたすのでございますが。……が、しかし、このお手紙が奥様のお手に渡りましたら、私はやはり生きているのでございましょう。なんだか妙なことばかり申しあげまして、甚だ相すみません。実はこうなのでございます。——

大正十五年二月私は腸チブスにかかりまして、体温器はたちまち、四十度前後を示すようになりました。それから何日間か私は様々な幻影に、悩まされ続けました。と、急に、私の身体からすべての気力が抜けていって、私は安らかな無意識の状態に陥りました。……

土に鍬《くわ》を打ち込む音が、どこからともなく、かすかに響いてきました。音はだんだん近づいて、ついにはっきり、私の頭の上に聞こえました。なぜかその時、私ははっとしました。

私は胸の上に組んだ手を動かそうとしました。動きません。足を曲げようとしました。やはり硬直したようで、自由になりません。その時ふと、私は真っ暗な中に寝ていることに、気がつきました。――私は死んだのです。そして死骸として埋められたのです。私は恐怖のために、息詰まるように感じました。

が、間もなく、困ったことには、ほんとに息苦しさを感じはじめました。と同時に、これは多少喜びを伴ったのでございますが、腰から脚に向かって、肘から手先に向かって、蚯蚓《みみず》の這うようなむず痒《がゆ》さを感じはじめました。

元来私は貧血のためか、冬の寒い朝など、両手の薬指と小指が血の気を失って、無感覚になることがよくあります。そんな時、手先をさかんに振り動かすか、暖めるかしていますと、指の付け根から、次第に血の色を回復してくるのでした。

今のむず痒さは、ちょうどその時の感じと同じです。やがて筋肉の硬直がほぐれて、手を動かすことができるようになりました。と、果たして私は狭い箱の中に横臥《おうが》しているのでした。

土を掘る音は、こうしているうちにもだんだんと近づいて、ついに、鍬《くわ》が棺の蓋に当たりました。そして、それからしばらくは、棺の上の土をのけているようでございました。チブスに罹《かか》る前、私は、近頃墓を発《あば》く盗賊のあることを、聞いておりました。今や盗賊は、私をも発きだそうとしているのでございます。

もはや私には、何の恐怖もありませんでした。それどころか、一種の喜びさえ感じました。——私を再び世に出そうとしている男は私が蘇《よみがえ》っていようなどとは、露程《つゆほど》も知りますまい。いや私の生存を知っている者は、世界じゅうに一人もないでしょう。今や私は、誰にも知られずに、何事をもなし得るのでございます。

私は一種の「自由」という感じによって、すっかり嬉しくなりました。他人から存在を認められるということによって、誰もが知らずしらずのうちに失っている「自由」を、私は今や完全に取り戻したのです。

私はこうした秘密の喜びを胸に抱きながら、じっと息を凝らしました。棺の蓋が、こじ開けられました。

私はどうしても、そのとき私のとった態度を、はっきり思い出すことができません。しかしおそらく、身動きくらいはしたろうと思います。そして舌がもつれて、言葉はなしませんでしたが、確かにある種の奇声を発しました。同時に、私の眼の前で、曲者《くせもの》は気を失いました。

確かに気を失ったかどうかを検《しら》べようとした私の手に——まったくその時は、それだけの意志しかなかったのですが――その私の手に――曲者《くせもの》が所持していた財布が触りました。と、私はなんら良心の声を聞くことなしに、すなわち少しの躊躇もなしに、その財布を私の物にしました。次に曲者を、今まで私の入っていた棺の中に押しこんで、固く蓋をしました。上から土を被《かぶ》せました。

いったい私という人間は、生前（？）は気の小さい、社会道徳を重んずる、模範的善人でございました。ところが一度経験した「死」と、最前申しあげました「自由」の観念は、私をこうした所行に導きました。私自身は、ただその導きに任せたのでございます。そしてこれが起因となって、翌日から、「闇に迷《まごつ》く」私の生活が始まりました。

亡者の装束をまとうて、私は、夜な夜な墓地をさまよいました。山向こうの町に通ずる道路に沿った墓地の陰から、力なく、けれども執拗《しつよう》に、あたかも死神のように、私は深夜の通行者にしがみつきました。そして翌日の糧を得たのでした。奥様もおそらく、裏山の墓地に幽霊の出る噂を、お耳に遊ばしたことと存じます。

昨夜《ゆうべ》はご存じのとおり、ひどい雨でございました。私は墓地にある庵室の縁の下の隠れ家から出ることができないで、寒さに震えながら、うとうとしておりました。と、私の隣に、誰やら這いこんできた者があります。私はまだ醒めきらぬ頭に、豊富な貰い溜めに懐をふくらました乞食を想像しました。対手《あいて》も見きわめずに、私はいきなりしがみつきました。

途端に、しかしながら私は、悲鳴をあげてのたうち回らなければなりませんでした。

顔のまん中からは、とめどなく血が吹きだします。鼻のあるべき場所を中心に、激烈な痛みが、顔じゅう渦を巻きます。

　私は鼻を噛み切られたのでした。そして、噛み切った奴は、——お宅の犬です。狐色の、奥様の犬でございます」

住子《すみこ》は襟首がひやりとした。冷たいものは背筋を伝わって、すーと走った。住子は身震いをして、顔をあげた。——ランが口を開けて、舌を吐いている。その舌から血が香る。べろりと口《くち》の端《はた》を嘗めた。口の端に血がこびり着いている。——住子はつと立ちあがった。生血の手紙が、左の手からずるずると縁に下がる。手の中にある手紙の端は、くしゃくしゃになって汗に濡れている。住子は手紙を放して部屋に入ると、ぴったり障子を締めた。途端に襖が開いた。心臓がどきんと打った。住子はその方を振り向いた。

「まア、いついらしたの？」

「いついらしたのはないでしょう。あんなに呼んだのに」

「少しも気がつきませんでしたわ」

「驚いたなア」——人の心も知らないで、青年は呑気《のんき》なものである。

「なに、例の詩の雑誌の用事で、今朝《けさ》早く、こっちにいる友達のとこへ来たんですがね。一昨日《おととい》叔父さんに会ったら、叔母さんこっちへ来てるってんでしょう。で、ちょっと寄ってみたんでさ。——何だって閉めきってるんです？　この暖かさに」

住子が止める間もなく、青年はからりと障子を明け放して縁に出た。かと思うと、そこにしゃがんで、

「ランラン」と、呼んだものである。

「およしなさいよ」

「心配しないでもよござんすよ」青年はからかうようにちょっと振り返って、

「誰も連れてくって言やしないから」

「いいえ。あたしなんだかランが嫌《いや》になったの」

「どうしたんです、また？」

「どうしても」

「じゃ僕が貰いましょうか？」

「どうぞ」

「そりゃ有り難う。——時に、今日は僕もう帰りますよ」青年は立つ。

「いいじゃありませんか。せっかく来たのに」

「そうはいかない。忙しい身分ですからね」

「嘘ばっかし。……あら、ほんとに行くの？　じゃ、ランを連れてってちょうだい」

住子は玄関まで追ってゆく。

「今日は困ったなア」

「そんなに言わないで、連れてらっしゃいよ」

「チョッ」青年は靴の紐を結び終わって、住子に向かい合って立ったが、「叔母さんに会っちゃかなわない」とにっこり笑って、外の方を向いて、

「ラン公」

敷居を跨いで、今度は高らかに口笛を吹いたのである。

ランが飛びついてくるのを、身をかわして、

「叔母さんさよなら」そのまま、住子の返事は聞き流して、たくみにランをよけながら、門の外に駆けだした。

あきれて見送った住子は、我に返ると、——足元にハンカチの包が置き忘れてある。

「相変わらずそそっかしいのね」と、住子はそれを解いて見た。中から、墨を交ぜた赤インキの罎《びん》と、それに浸けたらしい筆が出た。

桜湯の事件……………………………………鎗先潤一郎作

番台の看板娘、お春さんの顔色から桜湯とつけたのであるとも言う。そのお春さんが、ご信心のご一同に、まんべんなく振りまく愛嬌に浴するのが、桜湯常連《じょうれん》の男という男の目的で、湯に浴するは表向きである。仕立屋の銀さんは、湯上がりにアイスクリームをお春

さんにおごって、朋輩《ほうはい》からひやかされた。そのくせひやかした金さんも鉄さんも、番台に十銭白銅を投げだして、「おつりはいらねえ」と言うのである。

そのお春さんが、「あれっ」と言って、番台に立ちあがったから大変である。夏の夕方の六時。金さんのいわゆる桜湯のラッシュ・アワーである。うっとりお春さんを眺めてたご信心連は、一様に立ちあがったお春さんの眼を追って、湯槽《ゆぶね》を覗きこんだ。

——湯槽の縁に頭を載せて、ついさっきまで、「あらエッサッサア」とやってた兄いが、ぶくぶくと沈んじまったのである。銀さんと鉄さんは、股間にシャボンのあぶくを立てたまま、勇敢に湯の中へ飛びこんだ。

君《きみ》の御馬前《ごばぜん》である。何の火の中水の中、ということがある。まして湯の中においておやである。二人はお春さんの面前において、人命救助に赴いたのである。

金さんも手を貸して、気を失った兄いは、すぐに掬《すく》いあげられた。お春さんがあまり騒ぐので、着物を着かけた連中も、また裸になって、飛びこんでいった。兄いは垢湯《あか》を吐いて、息を吹き返した。

途端に、お春さんが、またもや、「あれっ」と声を立てた。

見知らぬ青年が、お客様から預かった財布や時計を、掻っさらって逃げたのである。おまけにそいつは板の間も稼いでいった。

顔色を変えて謝るお春さんに、

「あんな時計、家《うち》に行きゃアいくらもあらア」と、まっ先に言ったのは、銀さんである。

他の盗難にかかったお客様も、皆これに同じた。金さんは、「いい月日の下に生まれた板の間稼ぎだなア」と、溜め息をついた。「何しろ不景気だからね」と、これを受けたのは、鉄さんである。

次の日は桜湯の定休日である。一月分の骨休め、――お春さんは江の島の大黒屋の二階座敷から、海を見晴らしながら、

「ほんとにうまくいったわねえ、昨夜《ゆうべ》は」

話しかけられたのは、桜湯のある町内を、その縄張りにする不良青年団長で、

「うふふ。お春さんの騒ぎ方がいいからさ」

と、一つ肩をゆすって、

「てめえ、そいつと、昨夜のと、どっちが美味《うめ》え？」

「よせよ」

応じたのは、お春さんではない。手に持つコップを一あふりして、

「せっかくのビールがまずくなるじゃアねえか」

――この男、以前桜湯にいた三助、――昨夜気を失った兄いである。垢湯の匂いを思い出しでもしたのか、こう言って、ぶるぶると身震いをした。

画伯のポンプ……………………………興が侍《さぶら》ふ作

諸君よ。これは小説ではない。評論である。論文として「対話《ダイアログ》」の形式を用いた者に、古昔《こせき》既にプラトンあり、ルキアノスあり、エラスムスあり、——どうだ博学だろう。

我が輩かつて、仏蘭西《フランス》語や独逸《ドイツ》語が彼ら仏蘭西人や独逸人ほどそれほど堪能でないために、洋行中かの地において、旅の恥を掻き捨てたことがあるにせよ、ギリシャ・ラテンを始めとして、支那、ビルマ、ツングースはもちろん、カロリン、マーシャル、ホッテントットなどの語にも通じ、なかんずく日本語が十八番《とくい》である。

我《わ》が輩《はい》の癖として少々脱線したが、論文に対話様式を用いたものは、古来既にこれあり、「小説《ノヴェル》」の形式を用いたものも——あるかどうだか知らんのである。

そういう大した我が輩が、研究所からの帰り、省線の渋谷駅に降りると、いきなり肩をどやしつけた奴がいる。温厚なる我が輩も、さすがにむっとして振り返ると、

「アハハハ。やっぱり興がか」と、平然としてる。綽名《あだな》ライオンという与太画家で、薬学士。旧友である。

「何だ、君か。対手《あいて》も見定めずに力任せにひっぱたいて、人違いだったらどうするんだ?」

「あやまるさ。……時に久しぶりだ。お茶でも飲もう」

二人は駅の前のアルプスグリルへ入った。

「君、近頃だいぶ書くようだな？」

ライオンめ、馬鹿にしたような口をきいて、バットに火をつける。

「本職の芸術家に見られちゃア、穴があったら入りたいよ」

「遠慮なく入りたまえ。バットの煙と入れ交わりに」

「君の鼻の穴へか？　相変わらず人を食ったことを言うなア」

「何、のんでるのさ」

「煙草《たばこ》の代わりにか」

「うん。しかしアマチュア作家には、その必要があるよ。鼻の洞窟から入って、人間の心理を探偵してくるんだな」

「何だ、お説教か？」

「そうさ。土俵際のウッチャリのためのウッチャリ小説はつまらないよ。ナイルス・スミス〔2人の著名な曲芸飛行士〕時代じゃあるまいし、宙返りだけが何の名誉だ。もっともあれに実が入ると、いわゆる新進作家のコントになるがね」

「じゃ非芸術的なのがウッチャリ小説で、芸術的なのがコントか？……探偵小説は芸術なりって主張してる連中は、怒るだろうよ」

「そんな手前味噌をあげてるのか。それで他人《ひと》の犯罪をせせることが趣味とくれば、まるで日比谷田圃《たんぼ》の蛙じゃアないか」

「僕のような学者を代議士扱いは痛み入るな」

「君は別だ。『大下君の掏摸《すり》』にしても、『ニッケルの運賃』にしても、君のいわゆる本格物として、構えがしっかりしてる。松本泰氏のも、さすがに落ち着きがある」

「すると君は、ウッチャリ小説には反対なのか?」

「そうじゃない。『探偵小説』と呼ばれようと『諧謔《かいぎやく》小説』と言われようと『コント』と名づけられようと、傑作はやはり傑作だ。だからウッチャリ派の人は、強いて探偵小説がらないがいいんだね。君や松本氏等の本格物が、筋本位、興味本位で読者を惹きつけることができるのと違って、ウッチャリ物は芸術的に芸術的にと進まなきゃア損だよ」

「近頃小流智尼・松賀麗なんて作家がいるが、どうだい?」

「仕様のない人たちだなア。してみると江戸川乱歩は、ペンネームのこささえ方においても一頭地《いつとうち》を抜いてるわけか」

「今に湖南土居だの智恵巣太豚だのってのが、出てくるよ」

「そういえば僕は、こんな名前を発明したぜ」ライオンはそう言って、テーブルに指で、夜頻頻。十握品と書いてにやりとした。

「何だい、それは?」

「探偵してみたまえ。売薬の名だ。先に書いたのは十年ばかり前にはやった。後で書いたのは最新流行だ。用いるがいい、頭の毛が濃くなるそうだ」

「失礼なことを言う男だ」

「まあさ。怒っちゃいけない。薬学士としての好意からだよ」

「危ない薬学士だ」

「君の探偵より確かだ。一つこれから道玄坂を上りきるまでに、犯罪者の捕まえっこをしよう」

ぶらりと外に出る。さすがに秋だ。夜霧が冷たい。二人は外套《がいとう》の襟を立てる。

坂の途中まで行った時に、ライオンはとつぜん暗い露地に飛びこんだ。我が輩も驚いてついてゆく。と、ライオンめ、いつのまにか一人の小僧をつかまえて、鬣《たてがみ》を震わしながら、持ち前の凄い面《つら》をしている。

「君。こんな所に小便をしていいのかね？」

「へえ、その、……」かわいそうに、隣の洋品店の小僧は、ライオンににらみつけられて、おどおどしている。

「いや、して差し支えがないのなら、それでよろしい」ライオンはここまで言って、得意になって我が輩を振り返ったが、「僕も失敬するとしよう」と続けながら、小僧に並んで、悠然と前をまくったのである。

人工幽霊…………………………お先へ捕縛作

「アハハハハ。実際問題に手を出すことは、こっちへ引っこんでから、一切やめましたよ……」

法医学者のA博士は、こう言って、一座を見回した。一座は、A博士を加えて、都合八人。みんな犯罪とか探偵とかいうことに、興味を持っている人々で、大部分は、東京や大阪から、わざわざ今夜の会合のために、このN市のA博士の家《うち》に、集まってきているのであった。

銘々思い思いの姿勢で、椅子によっていたが、晩餐後の愉快な談笑を享楽していることは、みんな同じだった。ファイアプレースは、この応接間の空気の象徴でもあるかのように、明るい炎をあげ、書架には、犯罪に関係のある洋書が、ぎっしり詰まっている。A博士は、S新聞の記者をしている人に促されて、再び、にこやかに口を開いた。

「……ええ。そりゃお話ししますよ、私の順番なんですから。――さよう。去年の暮れのことでした。私の書斎へ、『ただ今』を言いにきた悴《せがれ》をつかまえて、――（悴は小学校の二年生です）――その日学校で習ったことを尋ねていますと、突然、『あのね、父さん。大森君とこに、幽霊が出るんですって』と、妙なことを言いだしました。

なんでも悴の話によると、真夜中になると、その幽霊が現れて、悴と同じクラスの、大森とかいう、その子の顔をなめるんだそうです。でも気丈な子と見えて、ある晩眠いのを我慢して、眼を開けていると、電灯がスーッと消え、なんとなく幽霊の現れた気配がして、やがて冷たい大きな舌で、ペロペロ顔をなめだした。

その子は、すぐに跳ね起きて、その舌に摑みかかったそうですが、舌は宙に舞いあがって、いくら部屋を駆け回っても、何も手に触れません。次の晩は、もうそれだけの勇気がなくて、いきなり蒲団をひっ被《かぶ》ったそうです。

でも、父親か母親と一緒に寝てもらうと、大抵は幽霊は出ません。——ええ、小さい時から、その子は一人で、両親とは別の部屋に寝かされる習慣になっていたそうです。

——しかし母親の場合は、時として、親までもなめられるんだそうです。

かわいそうにその子は、恐怖と睡眠不足とのために、顔からは血の気が失せ、身体《からだ》は痩せ細りました。ほとんど夜ごとの責め苦はその子の神経を極度に過敏にして、ちょっとのことにも、ひどく脅えるようになりました。

その日も、前夜の寝不足のために、教場で居眠りをしたのを、教師に注意されて、一時は気でも違ったかと思うほど、恐れたそうです。でも、幽霊に襲われるなんて不名誉なことは、父親から固く口止めをされているので、根が利口な子ですから、教師から何と言われても、黙っていました。ところが宅の悴は、その子と大の仲良しで、その子も悴にだけは、今お話ししたようなことを打ち明けたのだそうです。

え？　その子が変態なんだろうって？——いいえ。

第六感の働きだろうとおっしゃるんですか？……まさか。部屋のどこかに隙間があって、そこから風が？……そんなことはありますまい。そんなに探偵小説式に、凝ったもんじゃないんですよ。幽霊を感じるのは、たかが子供ですよ。そしてその母親ですよ。

私は翌日、悴にその子を誘ってこさせました。そして、悴には隠して、その子に、ルマソートルワーサ液をやりました。幽霊の来ないお呪《まじな》いだから、今夜顔に塗って寝るようにってね。――あの透明の液体ですよ。人間の皮膚以外の物が触れれば赤く染まるっていう、皮膚の色素から精製したあれですよ。

越えて三日。市役所の掃除人夫に化けた宅の書生が、大森家の塵箱から、細かく刻んだ赤い蒟蒻《こんにゃく》を拾ってきました。幽霊の舌の正体は、これでした。おそらく棒か紐の先につけて、操ったものでしょう。私は時を移さず、N市で有数の富豪である大森家を、訪れました。そして、――ご子息の精神に異状を認めますから、相当の年になるまで、私が引きとって教育したい、――と申し出ました。

お人よしらしい当主は、私の言葉をそのまま信じたのか、それとも他に考えがあったのか、案外たやすく、私の申し出を承知してくれました。しかしそれよりも意外だったことは、夫人が、一も二もなく賛成したことでした。夫人は、聞くところによると、主人にもよく仕え、召使もいたわり、ことに三人の子供を、少しの分け隔てもなく、一様に可愛がる、ということでした。

事実、悴《せがれ》のいわゆる大森君も、『いい母さんよ』と言っています。会ってみると、いかにもそうした噂にふさわしい美しい人で、理知に澄んだ眼は、むしろ科学者のように、冷静に見えました。そして数学の公式でも述べるように、――悴の友達の大森君は、戸籍面では当主夫妻の長男となっているが、実は、主人が芸者につくった子だということを、打ち開けられました。

私はこの時、この夫人にして初めて、医者が患者の包帯を取りかえるような態度で、あした幽霊を作り得たのだと思いました。そしてその動機は、我が血を引いた子に、家を相続させたいということにのみあったのだと確信しました。これがヒステリー性の女だったら、おそらく毒殺事件でも引きおこしたでしょう。原因が嫉妬にあったら、きっと継子《ままこ》いじめの評判でも立っていたでしょう。

え？　子供の大森君ですか？――すっかり元どおり元気な子となりました。ですが、今夜はもう、悴と一緒に仲良く寝ているでしょう。幽霊の出る心配もありませんからね」

隼お手伝ひ

一

「おいおい」

後ろから呼びとめられた。写真の変わり目、ふくらんだ蟇口《がまぐち》を引き抜いて、ふた足み足、ぼかりと小屋から吐きだされて、ほっと一息ついたところ。見つかるはずはないと思ったが、さすがにぎょっとして振りむいた。

「あら富田のおじさんなの。驚いたわ」

「そうだろ。高山刑事でなくってしあわせだった」

「嘘よ嘘よ」

「まアいいさ。わたしも会えて安心した」

「何かご用なの？」

「ちょっとね」

「どうして帝国館にいることが分かって？」

「ワルカ楼のお君さんに聞いたのさ」

おじさん（私立探偵富田達観《たつかん》氏）は、あたしを促して、ゆっくりした歩調で歩きだした。

「ところで早速だが、色物席万歳館《ばんざいかん》に出ていた和千代《わちよ》ってタレ義太《ぎだ》が、三日前に毒殺されたことを聞いたかね？」

「聞いたわ。だけど自殺だって噂よ」

「警察でもそう言っている」

「おじさんの見込みは違うの？」

「見込みなんかてんでない。ただ分かっているのは、わたしに探偵を依頼した、被害者の父親の言うところによると、被害者はその日家を出るまで、自殺しそうなそぶりは少しもなかったそうだ。それからも一つは、同じ席に出ていた被害者の師匠の和駒《わこま》と、前座《ぜんざ》の艶語《えんご》楼《ろう》って落語家が、嫌疑者として警察にあげられている」

「じゃ、警察でも、ほんとうは自殺だとは思っていないの？ やっぱり豚刑事は嘘つきね」

「高山君のせいじゃないよ。……時に、万歳館に知ってる人はないかね？」

「あるわ。仙楽《せんらく》って爺さん、もう楽屋へ来てる時分よ」

「それは好都合。すぐ行くことにしよう」

浅草一帯には、もう電灯が輝き始めていた。二人は人波を分けて、万歳館の前に立った。

「えーっーしゃい」この声に誘われて、おじさんは客席へあたしは路地を抜けて楽屋口へ。おじさんのいいつけで、「今晩は」と入っていった。高座では和駒さんのかわり、清元の延太《えんた》子《こ》さんが、累《かさね》のひとふし。

〽仇なる人と知らずして、悋気《かくけ》嫉妬のくどきごと、われと我が身に……

二

万歳館の楽屋。延太子さんは、「おごんなさいよ」と仙楽《せんらく》さんに浴びせかけて、さっさと帰っていった。延太子さんの次にあがった柳桜《りゅうおう》さんの、しとしとと運んでゆく人情噺が思い出したように時々漏れてくる。それが乗り移ったか、仙楽さんも、火の気のない火鉢を隔てて、ほそぼそと話し続ける。

「今から考えると、あの晩和駒さんが弾き語りをしなかったのも、おかしいってばおかしいがね。もっともこれは、まるでねえことでもねえんだが。

ともかく和千代さんは、高座からおりると、続けさまに湯を飲んだよ。その湯呑みで、確かに和千代さんの前に、艶語楼が飲んでたんだ。で、その湯呑みのふちに、——何てったっけ——その毒薬が付いてたのさ」

「和千代さんは、それからどうしたの？」

「じき、——そら、あの講釈で言う——しってんばっとうの苦しみを始めたんだがね。

——それで病院へかつぎこんだ時は、もういけなかった」

「いったい和千代さんは、和駒さんや艶語楼さんに、恨まれるようなことでもあるの？」

「こりゃ驚いた。二つ名のある姐《ねえ》さんのようにもねえ。隼お秀の沽券《こけん》にかかわりますぜ」

「いいわよ」

「ハハハハハ……。今お聞かせしますよ。じつアね、ひと月ばかりめえから、和駒さんと艶語楼とが、できたってわけなんだ」

「まア。じゃ和千代さんと艶語楼との仲は、どうなったの？」

「だから面倒なんでさアね。いくら師匠だからって、和千代さんも男を寝取られちゃ、面白かねえからね。また、和駒さんや艶語楼にしたって、ねざめはわりいやね」

「それじゃ、邪魔だから和千代さんを——どうしたってわけなの？」

「おっと、そこまでは知らねえ」

「こないだ、和千代さんの亡くなった晩に、他から楽屋へ入ってきた者は、誰と誰だか知らなくって？」

「さア、待ちねえよ……」

この時、片手に羽織をかかえこんだ前座が、こっちを振り向いた。

「師匠。柳桜さんが降りてきますぜ」

「おいしょ」仙楽さんはよろりと立ちあがる。

「あちらでもご用とおっしゃる。ちょっと十五分ばかり与太ってきやすからね。お寂しくとも、しばらくご辛抱なさいまし」

客席から拍手の音が起こる。柳桜さんが降りてきた。

三

あたしが客席に入っていくと、目ざとく見つけたおじさんは、自分の方から立ってきた。

「どうだ、分かったかね?」何でもないような調子で聞く。

「ええ、だいたい分かりましたわ」

「それじゃすぐ出よう」おじさんは先に立った。


二人は間もなく、とあるバーの隅のテーブルに向かい合っていた。おじさんは例のとおり、バットの吸い口をぐじゃぐじゃにかみながら、次の質問に移る。

「それで事件のあった日に、他から楽屋に入ってきたのは、誰と誰なのかね?」

「すしやと、三味線屋と……」

「三味線屋だって?」

「ええ。和駒さんが修繕にやっていたのが、できてきたんですって」

「事件のあった晩は、それを使ったんだね」

「そうでしょう」

「その三味線は、警察に押収されたんだろうな?」

「いいえ。和千代さんに付き添って和駒さんが病院に行くと、間もなく和駒さんの旦那から、楽屋へ電話がかかったので、和千代さんのことを知らせたんですって。すると、三四十分もたった頃、旦那が自身でやってきて、和駒さんが置いてったほかの物と一緒に、三味線も一つに包んで、持って帰ったんだそうです」

「その旦那って人のうちは、どこだろう？」

「誰に聞いても、知らないんです」

「三味線屋の方は、分かっているかね？」

「四谷忍町。下座の婆さんが知ってました」あたしの言葉が終わるか終わらないうちに、

「姐《ねえ》さん、会計」

おじさんはもう、ポケットから銀貨をつかみだしていた。

四

あたしたち二人が、目的の忍町に着いた時には、時計は既に九時近くを指していた。あたしは、おじさんに言われたとおり、ひとりで駿河屋の店に入った。

番頭と、レシーバーを耳にあてた小僧とは、あいそよく迎えた。

「こないだ万歳館の楽屋へ、使いにきた若イ衆さんはいないの？」あたしは、あてずっぽうに聞いた。

「さア、誰でござんしたでしょうか……？」

「幸どんですよ」小僧が口を挟んだ。

「何かご用でいらっしゃいましょうか?」番頭はあたしを見上げて、ちょっと言葉を切った。

「実は一昨日《おととい》の朝から、宿の方へ下がっておりますんで……。なにぶんにもこの店に参りましてから、やっと半月ばかりにしかなりませんので、いっこう慣れませんものでございますから」

「いいえ、大したことじゃないんですの」あたしは言葉を濁した。

「どこなんでしょう、あの方のお宿は?」

「東大久保の二番、――ぬけ弁天の近くだとか申しておりました。何でしたら……」と小僧に向かって、

「お前、お供をして行っておいで」

「まアすみませんね。この辺は、いっこう不案内なもんですから……。では、いっしょに行ってくださいませんか」

「へえ」小僧はなごり惜しげに、レシーバーをはずしながら、

「番頭さん、今、丸一の掛け合い噺が始まったとこなんですよ」

「ぐずぐず言わないで行っておいで」

番頭は決めつけた。

五

「確かにこの辺が、二番地なんだけど……ちょっと待ってくださいまし」こう言って、小僧は路地の入口にあたし達を待たして、ひとりで暗い奥に消えていった。

あたしは何げなく、前の門灯を仰いだ。青葉に包まれた門灯には、火を慕う虫が無数にとまって、吉田と書かれている。

「あら、和駒さんの旦那の苗字と、同じですわ」あたしはおじさんを振り返った。

「なに、旦那の苗字？――よし」おじさんの唇が、きゅっと引き締まる。そしてバット臭い口が、あたしの耳に近づいて、しばらくささやきが続いた。ところへ、「不思議ですね。どうも見つからないんです」と言いながら小僧が帰ってきた。

「どうもご苦労。しばらくわたしとここに待っていておくれ」おじさんは、今度はあたしに向かって、

「ではいま言ったとおりに、――いいかね？」

あたしは、くぐりを開けて入っていった。

二三分後には、あたしは明るい玄関に立っていた。さっき入っていった女中と入り代わりに、青白く痩せた、小柄な男が出てきた。濃い眉が神経質にじりじりとせまって、両の

こめかみの上に、静脈が青くうねっている。

「あら、やっぱし和駒さんの旦那だったのね」

この言葉の反応を、一分一厘も見逃すまいと、あたしは男の顔を、注視した。

男の顔には、著しい驚きの色が現れた。眉がぴくりと動いて男は、空咳《からぜき》を一つした。

「僕には、あなたに見覚えがありませんが」

「あたし和佐子《わさこ》ですわ、――和駒さんの弟子の。……このたびはお師匠さんには、どうもとんだご災難でいらっしゃいまして……」あたしは丁寧に頭を下げた。

「いえ……その……」男はどぎまぎしている。あたしは無頓着に、

「お師匠さんが、あんな風なわけにおなりになったので、あたしたち弟子は、素昇《そしょう》さんについて、急に旅に出ることになりましたの。これから夜行で、甲府へ立つんですわ。あたし新宿から乗ろうと思いますのよ。それで、お師匠さんもそうおっしゃるんですけど、旦那がこないだお持ちになった三味線をあたしに貸してくださいな」

「今夜の夜行で立つんですね？……よろしい。いま持ってきてあげましょう」

男はすっかり落ち着きを取り返した足どりで奥へ入った。と、玄関のガラス戸が、ちょっとばかり開いた。男は再び、三味線の包みを持って出てきた。がらり、――ガラス戸が開いた。

「やア幸どん」駿河屋の小僧が、声をかけた。顔色を変えて男が立ちあがるのを、「まあお静かに」と止めながら、入ってきた、おじさん、――私立探偵富田達観氏の低い声には、

力が籠もっていた。

「吉田さん、もういけません？　楽屋へ電話のかけ方が、お誂《あつら》えどおりにゆきすぎました」

「僕には何のことだか分かりませんが」

「誤解なすっちゃいけない。わたしは警察の者じゃありません。場合によっては、あなたの味方です。ここに証人が二人もいるんです。お隠しになってもいけません。和駒さんが三味線を修繕に出したのを知って駿河屋へお住みこみになった。ね。そうして三日前の晩、途中で三味線に毒を仕込み、変装して、楽屋へお持ちこみになった。――いや、お手際でしたが、まア何だって、和千代を毒殺なんぞなさいました？

わたしは被害者の親から、探偵を依頼されたんですが、ご事情によっては、お話し合いのできるように、お骨折りも致しましょう。なアに、刑事巡査の四十人や五十人、たばになってかかっても、わたしが大手をひろげたら、匂いも嗅がせや致しません」

吉田氏は、ごくりと唾を呑みこんだ。

「有り難うございます。なくなった和千代さんには、何とも申しわけがありません。とんだ物の間違いです。わたしが毒殺しようと思ったのは、和駒――わたしの世話を受けながら、わたしの顔に泥を塗ったあの女です。あの女は、いつも弾き語りをするのです。和千代が三味線を勧めようとは、思いませんでした。それにしても、お慧眼《けいがん》恐れ入りました。どうして三味線に毒を仕込んだことが、お分かりになりました？」

「ハハハハハ。まったくの偶然。実は今夜、万歳館へ行きましたところ、延太子《えんたいこ》とかいう女が、清元の累《かさね》を語っておりましてね。――そこの三味線をちょっと拝借」

おじさんは悠然と、上がり口に腰を掛けた。その間にあたしは、風呂敷を解いて、手早く棹《さお》をついだ。受け取ったおじさんは、調子を整えて、デデンデデンと撥《ばち》を入れた。その、撥を持つ右腕をなめて三味線の胴を押さえ、ふたたびなめて、にっこり笑った。

「あっ、ここにこんな穴が」なめた腕の押えるところ、胴にえぐられた穴を見た小僧の声は、とんきょうである。

小僧に次の語を発する間もあらせず、おじさんは、またもやデンデンと、ひと撥。

〽仁者《じんしゃ》のことばにハァはっと、雪にかしらは下げながら、底の善悪とじかくす、氷をふ
んで、……

さびた声が、場末の夜更けに澄み渡った。歳はとっても富田達観、その昔、野暮の元締めのようなお役所にありながら、音に聞こえた通人である。

川柳　殺さぬ人殺し

——何か手柄話を聞かせろと？——とんだことを。冷や汗が流れます。

——私立探偵という肩書きに対してでも、話さずには済むまいとおっしゃるんですか？……ハハハハハ。では看板を引っこめましょうか。こんな老朽に、あなた、何ができるものですか。

——久山さんからお聞きになったと？——ほんとにあの方にも困りますね。きりょうはいいのに、手癖が悪い。それに近頃では、自分の悪事を、小説に書くとか言うじゃありませんか。あれじゃ高山刑事が目のかたきにしたって仕方がありませんよ。

——久山さんの書いたものですか？——いいえ、一つも読みません。この年になると、小さな活字を見るのは、ほねですからね。

——これですか？——ご覧のとおり、和本。『柳多留《やなぎだる》』です。なかなか面白い句がありますよ。せっかくですから、探偵趣味とやらにちなんで、「人殺しをしない人殺しの句」でも、二つ三つお目にかけましょうか。無論いい句じゃありませんが。

現代なら、
貌《かんばせ》へ穴あけて楊枝を十本かひ

顔へ穴あけて敷島《しきしま》十箱買ひ

ともあるべきところ。たばこ屋の看板娘、耳かくしか何かに結って、慣れているから、いくらじろじろ見られても平気なものです。

ころされた袷《あわせ》さし身に化けて出る

ほい失礼。これは人殺しでなくって、袷殺しでしたね。それに朝鮮沖から氷詰めの鰹がくる世の中じゃ、この句の味は分かりません。

著《き》ごろしにせぬと思へばぶち殺し

これも何じく質入れの句。

すねをかじるのみならず臍《へそ》をほり

父親のすねや母親のへそを食物と心得るところ、このむすこはミュンスターベルヒの食人犯人デンケの従弟《いとこ》と見えます。しかし親にもひどいのがあります。

借金の穴へむすめを埋めるなり

今度はなこうどの殺人。

なこうどは鬼を千匹ころすなり

嫁にきてみたら、小姑《こじゆうと》があったそうです。

重箱の隅でとどめを芋さされ

首をくって身をなげるぬか袋

芋殺しと、ぬか袋の自殺。

聟《むこ》えらむ内雑兵《ぞうひょう》の手にかかり

これは久山さんにやる句ですね。あの方もぐずぐずしていると、とんだぞうひょうの手にかかりますよ。あなたの雑誌の読者方の中にでも、適当な候補者はいらっしゃいませんかしら？

（文責在記者）

戯曲

隼登場（一幕二場）

時
現代。秋。
所
東北の僻地。
人
佐成実麿《さなりさねまろ》　子爵、鉄道大臣　四十一、二歳
秋山四郎　鉄道省技師　三十七、八歳
随行員Ａ　判任官　三十歳位
随行員Ｂ　判任官　三十歳位
随行員Ｃ　判任官　四十歳位
その他随行員四名。階級は上下様々。年齢も種々。
山倉権三《やまくらごんぞう》　村会議員　五十歳位
村民甲　三十歳位
村民乙　三十歳位

村民丙　　　　　　　　二十歳位
その他村民十二名。年齢は種々。子供が二三名交じってもいい。
（勘助《かんすけ》　猟師　　　　　四十歳位）
オイトコ由公《よしこう》　隼の子分　　二十五歳
隼お秀　女掏摸《すり》　　　　二十二歳

第一場

本舞台一面——丘の上。奥に寄せて、二三本のあまり太からぬ雑木。下手奥に、熊笹の一叢《ひとむら》。

背景——上手に、丘からよほど離れて、山の裾が見える。山は、ところどころに緑を残して、他はまったく黄に紅に紅葉している。山を除いて、一面に田。稲の刈られた後である。澄みきった碧空《あおぞら》。

幕の開《あ》く前から、百舌鳥《もず》が高らかに鳴いている。

幕が開くと——舞台には朗らかな秋の正午の日光が輝いていて、すべての物が、明るく澄んで見える。百舌鳥がひときわ高く鳴いて、そのまま鳴きやむ。

下手から、佐成鉄相視察旅行の随行員ABが、話しながら来る。

随行員A　まるで、郊外散歩だなア。

随行員B　まったく変わった視察旅行さ。

随行員A　今度の鉄道大臣のように捌《さば》けたのは、華族には珍しいだろう。

随行員B　なアに。華族だからああなのさ。官界遊泳術で陽に焼けていない。坊ちゃんの地膚《じはだ》丸出しなんだよ。

ＡＢ、上手に入る。再び百舌鳥《もず》が鳴き始める。

下手から、鉄相佐成実麿が、技師秋山四郎をはじめ随行員六名を従えて登場。

佐成鉄相は快活な、血色のいい、堂々たる好男子。秋山技師は、大学は一番の成績で出たが、謹厳のほか取柄《とりえ》のないぼんくら。随行員Cは、鉄相の貴重品を入れた手鞄を大事そうに抱えている。先頭の鉄相と技師が、舞台中央まで来た時。

秋山技師　閣下。この丘からは、よく見えるはずでございます。

と先に立って、舞台の奥の方へ行く。一同続く。

秋山技師　（背景の山を指しながら）あの山の、ここから向かってずーーっと右手の方を貫きまして、まっすぐに鉄道を敷設しようと申しますのが、第一案でございます。第二案は、この丘の麓《ふもと》に停車場を建設いたしまして、そこから六ケ村を過ぎて、さらに右に走ろうと申すのでございます。いずれの案が運輸交通上利益がございますか、これは私と致しましては分かりかねますが、専門の方から申しますと、（以下観客に分からせる必要はないから、少々出鱈目《でたらめ》であっても、早口に言っても、差し支えない）第一案の方は、トンネルの部分を除きまして、鉄道を敷設いたしますのが五十八哩《マイル》三十五鎖《チエーン》。約五百五十六万円位の費用かと存じます。その他にトンネルは、地質が角岩《かくがん》でございまして、五十三鎖。約二十万円位の見積りでございます。これに要します時日《じじつ》を一年二ケ月と見まして、

佐成鉄相　（突然、上機嫌に）秋山君、いい声だなア。

秋山技師　（鉄相の真意は解しかねるが、少しく感情を害して）は？

佐成鉄相　方々で百舌鳥が鳴いているよ。

秋山技師　（ますます感情を害して）はア。

佐成鉄相　いやこれは失敬。（ト正面に向いて）君の説明を聞いているつもりだったんだが、いつの間にか百舌鳥を聞いていた。怒っちゃいけない。

秋山技師　（鉄相と同時に正面に向いて）いえ、どういたしまして。

佐成鉄相　諸君も、僕のような木偶《でく》の坊《ぼう》の供をして、気の毒だなア。

一同　左様なことはございません。

佐成鉄相　もっとも僕自身には、これで大いに意味のある旅行さ。佐成の馬鹿殿が、昔の領地に大臣ぶりを見せにきたわけなんだ。

秋山技師　（鉄相の調子に釣りこまれて、機嫌よく）土下座《どげざ》をしている年寄りもございました。

佐成鉄相　アハハハ。愉快なもんだ。しかし僕は、大臣の資格ゼロだ。君のいわゆる第一案第二案の優劣なんてことになるとまるで分からない。

秋山技師　恐れ入ります。

鉄相の言葉の終わる頃に、下手から、村会議員山倉権三が小腰をかがめながら出て、最も下手にいる随行員Cに、何やら囁《ささや》く。Cは、技師の言葉が終わるとすぐ、鉄相の前に進んで、

随行員C　ただ今この村の代表者が参りまして。殿様に熊を献上いたしたいと申しております。

佐成鉄相　ナニ、熊？（山倉の方を向いて）遠慮なくこっちへ来るがいい。

山倉権三　はい。（トCの後ろに行って、平伏《へいふく》する）

佐成鉄相　この村から、余《よ》に熊をくれると言うのか？

山倉権三　はい。ご存じのとおりの田舎でございまして、せっかく殿様がお越しくださりましても、何も献上いたすものがございません。何か珍しい物を、と相談つかまつりましたところ、熊なら東京にもいなからろうと申しますようなわけで、――はい。

佐成鉄相　生きた熊か？

山倉権三　はい。檻の中を、ぐるぐる回っております。

佐成鉄相　この辺には、熊がたくさん捕れるのかね？

山倉権三　そうでございません。去年畑を荒らしに出たのを捕まえましたのでございますが、今では村じゅうの宝物のようになっております。

佐成鉄相　そんなに大切なものを、貰っちゃア気の毒だな。

山倉権三　いえ。そ、そんなことはございません。殿様がお収めくださりますれば、本望でございます。

佐成鉄相　では折角だから、貰っておくことにしよう。

山倉権三　お収めくださりまするか。有り難うございます。皆にこのことを知らせて参りましょう。

ト下手に入る。

隼登場

佐成鉄相　（それを見送って）アハハハ。田舎者は質朴だなア。

随行員等も、村民に好感をもって、囁《ささや》き合う。

佐成鉄相　秋山君。僕はなんだか第二案の方が良さそうに思われてきたよ。

秋山技師　は？

佐成鉄相　この丘の下に停車場を作る方さ。アハハハ。熊一匹で、僕も有能な大臣になるかな。

鉄相の言葉が終わらぬうち、下手の方が急に騒がしくなる。随行員等は「喧嘩だろうか」「いや、熊の檻をひいてきたのさ」などと囁き合う。そしていつの間にか上手の方に固まっている。

ト下手から熊の檻を荷車に載せて、村民の一人がそれをひき、二三人が後を押し、その他は荷車を囲んで、合わせて十四名の村民が来る。舞台中央まで来た時、一同鉄相に向かって平伏《へいふく》する。

トこの時、下手から猟師勘助が、右腕を山倉権三に、左腕を村民甲に取られながら、大荒れに荒れて出てくる。勘助は筒袖の着物に上から、つぎの当たったチャンチャンコを着て、モンペをはき、脛《すね》までくる藁靴《わらぐつ》――という古風な姿をしている。

猟師勘助　放しやアがれ放しやアがれ。（ト怒鳴りながら、檻に近づこうとする）

一同驚いてその方を見る。村人四五人は、山倉や甲の応援に向かう。

山倉権三　これ、静まれてば。静まれてば。殿様がそこにいられるでねえか。

猟師勘助　いやだいやだ。熊ア俺のだ。俺のわなにかかったんだ。（トあばれる）

村民甲　それでもおめえ、餌なんかくれたことはねえでねえか。

猟師勘助　餌なんかどうでも、あの熊は俺が捕ったんだ。俺に一言も相談しねえで、人にやる法はねえ。（トますます暴れる）

山倉権三　やると言っても、相手が大臣様の殿様だから、名誉でねえか。

猟師勘助　何を言いやアがるんだ、ごますり爺《じじい》。

ト山倉を蹴飛ばす。そのはずみに自由になった右手で、村民甲をなぐり飛ばす。続いて大勢の村民を対手《あいて》に、縦横無尽に荒れ狂って、鉄相の一行をめがけて突進する。鉄相の一行はたじたじと後ろに下がりながら、「乱暴をしちゃアいかん」「大臣に無礼をするな」などと怒鳴る。が、勘助は鉄相の前まで進むと、威光に打たれたのか、へたへたとなる。

村民等は急に元気づいて、勘助を取りおさえようとする。

佐成鉄相　ああ、そんなにしなくてもいい。（ト制して、それでも勘助を気味悪そうに見守りながら）君も誤解しちゃいけない。僕は、村から熊を献上すると言うから、受け取ることにしたまでなんだ。君の熊なら、むろん君に返すよ。

猟師勘助　（苦しそうに呼吸《いき》をはずましながら）俺《わし》も欲しかアねえ。ただひとが捕ったものを、うぬらの手柄顔をして殿様に差しあげたから、俺《わし》が怒っただ。するとあの（ト山倉を指して）胡麻《ごま》すり爺《じじい》なんかが。

山倉権三　勘助、何を言うだ。

佐成鉄相　（山倉に）まアいい。

猟師勘助　（その尾《しり》について）ざまア見やがれ、横領爺。（さらに鉄相に向かって）それでねえ、殿様。あいつらが俺《わし》を手籠めにしようとしたから、ちっとばかり暴れてやっただ。でも、ねえ、殿様。熊は、ほんとに俺《わし》によくなれているんでがす。せめて今日一日でも、熊の世話をさしてやってくだせえまし。

佐成鉄相　そういうわけなのか。では停車場まで、その車を引いていってくれ。そろそろ出かけようか。

ト鉄相の一行は上手に入る。勘助は村人を尻目にかけながら、檻を載せた荷車を引いて、一行の後から続いて入る。村民らは後を見送って、がやがや騒いでいる。

村民甲　（頬をなでながら）おお痛《いて》え。ひでえ目に会わせやがった。

山倉権三　俺《わし》もとんだ冷や汗をかいたよ。

村民甲　勘助の野郎、普段は熊に粉糠《こぬか》一つかみやらねえくせに。

村民丙　さっきも聞いていりゃア、「よくなれている」なんて吐《ぬ》かしくさった。

山倉権三　大方ああして、酒代《さかて》にでもありつく気なんだろう。

村民乙　ハハハ。殿様もとんだ野郎をしょいこんだもんだ。

村民甲　しょいこむと言えば、とうとう厄介者の熊も片づいたなア。

村民乙　ほんによ。ぶち殺そうとすれば勘助がごてるし、生かしとけば大飯を食らうし。

山倉権三　それでも殿様は、この村の宝物だと思って喜んでいたよ。これで停車場も、この村にできることになるだろう。

村民甲　やっぱり東京のお嬢様の知恵は、違ったもんだなア。

山倉権三　あの絵かきのお嬢様は、まだ当分この村にいなさるだろうか。

村民丙　大丈夫いるだ。殿様と同じ汽車で、東京から昨日《きのう》着いただから、二三日はこの村で油絵を描きなさるだろう。今朝《けさ》方も、絵の道具を持って、山の方へ行ったよ。

山倉権三　そんなら、もう宿へ帰っていなさるかもしれねえ。みんなでお礼に行くとしよう。

ト村民らは大声に喋り続けながら、下手に行きかかる。

静かに——幕。

すぐに幕を開けて、

第二場

本舞台中央に、扉《と》を閉ざした辻堂。その前が峠道になっている。後ろは森々《しんしん》たる杉木立。——すべて、昼なお暗き山中の態《てい》。

幕が開くとすぐ、上手から猟師勘助が、随行員Cが持っていた佐成鉄相の手鞄を下げて、ユーモラスな形で息せき切って駆けてくる。辻堂を認めて止まろうとするが、惰性で五歩ばかり行きすぎて、やっと踏み止まる。きょろきょろしながら辻堂の前まで引き返し、正面を向く。呼吸《いき》が切れるので顔をしかめて、あえぐのに調子を合わせながら、握り拳でゆっくり、五つ六つ胸を叩く。

猟師勘助　（前場よりもぐっとぎびきびした調子で）ああ苦しい。とんだ骨を折らしゃがった。しかし、対手《あいて》が頓馬《とんま》な役人だから、心を許さし隙を窺《うかが》い、まんまとこいつア手に入れた。

ト歌舞伎がかりで手鞄を押し戴き、

ところでこのままこの深山《しんざん》に立て籠《こ》もりゃア、あっぱれ鬼熊第二世だが、——そうもなるめえ（ト調子を落とし）まずこの鬘《かつら》をこう取って、

ト鬘と付け髭を取って、辻堂の縁《えん》に置く。続いて藁靴・モンペ・チャンチャンコ・筒袖の着物の順に脱ぐと、形のいい背ビロ・半ズボン姿のスマートな青年、オイトコ由公になる。脱いだ物をひとまとめにして、縁の下に投げこみ、

オイトコ由公　こうしておきゃア、今に本物の勘助君が取りにくると。——それにしても、秀っぺ姉さんはどうしたんだろうなア？

隼登場

ト下手の方を、背伸びをして見る。

途端に、辻堂の扉《と》が八文字に開くと、中には思いきって派手な友禅模様の振袖を着て、最新流行の束髪《そくはつ》に結った美人が立っている。

オイトコ由公　（扉の開く音に驚いて振り返ったが）姐御《あねご》。（トばかり、口が塞《ふさ》がらない）

隼お秀　（源之助《きのくにや》ばりの凛とした調子で）何だって口を開けてるのさ。山の中でも気の変わらない、いつもの隼さんの登場だアね。（トにたりとする）

早く——幕

隼の公開状

我が正直なる紳士西田政治《まさじ》様。

あたしは喧嘩がしたくってむずむずしていました。誰かクライツキそうなもんだと思って、一生懸命待っていましたところが、とうとうあなたっていう、いとも正直なる紳士がヒッカカりました。バンザーイ。

我が正直なる西田様。

愚作のお茶番の「隼登場」っていう題は、あたしがつけたのではございません。水谷準様が、

「お秀ちゃん。この題で書いてごらん」て言って、出してくだすった作文の題でございます。と言っても、

「ハイかしこまりました」って引き受けた以上、責任はあたしがショイます。――おお。なんとその荷物の軽くあることよ。

実はあのお茶番を探偵趣味の会宛《あて》に送りました十月二十七日には、江戸川様に「お勢《せい》登場」って御作のあることはまだ夢にも知りませんでした。それを知ったのは、十一月二日に『新青年』十二月号のマイクロフォンを見てからでございます。

もしもそれを知ってましたら、「お衰《すい》退場」っていうワルジャレは致しましても、「隼登場」なんてマネは死んでもしません。――お分かりになりまして？　あたしは文学少女ではなくって、女掏摸《すり》でございます。

横溝様の「かえれるお類」は確かに『探偵趣味』で読みました。そして感心もしました。しかし「かえれるお類」と「隼登場」の間になんらの連絡もないことは、いとも賢明なるあなたはもうお分かりのことのように見受けます。

さても賢明なる西田様。

水谷様自身も、あの作文の題でもって、あたしを江戸川様にアヤカラセようだの、江戸川様のマネをさせようなどとしたんではなかろうと思います。「秀っぺは自分のことしか書けないんだから、この題なら間違いっこあるまい」と、お考えになっただけなんだろうと思います。

でもあたしにしてみれば、例によって例のような愚作ではつまりません。だから文字どおり登場さしてみました。しかもああした登場の仕方をさしました。だから水谷様は、「畜生っ」と憤慨なすったかもしれません。しかしあたしにしてみれば、それがミソなのでございます。

だから編集者は、「有り難そうに載せ」たんじゃなかろうと思います。ただ編集者は、芸術（ゲージュツ）以外に大道芸（ダイドウゲイ）の存在をも認める方《かた》じゃないかと思います。そしてクスグリ沢山の大道芸としては、あのお茶番も立派に役目を果たし示しました。——だってあなたは、「すっかり度胆を抜かれて読んだ」じゃありませんか。「またまた胸を悪くした」じゃありませんか。「あの悪ふざけはどうだ」の、「ご迷惑様だ」のって怒ったじゃありませんか。お分かりになりまして？

　大阪カンダグミ知らねえか
　しーってムカツキャとーんでこい

って唄が、大阪だかしらんにあるんですってね。ワーイ、ワーイだ。

ところで、我がおもしろき西田政治様。

いったい作者自身を作中の主人公にして、「あたしは掏摸《すり》だい掏摸だい」って言わせるなんて、どんなものでございましょう？　作その物の他に、こんなところでオチを取ろうなんて、探偵小説から言えば、てんで邪道なんだと思います。青年紳士やご令嬢方のお好きなゲージュツなアんて物を目指してないことは、分かりきったことなのでございます。あなたハゲアタマから毛を求めるなんて、およしあそばせよ。そうしておいて、「毛がないのはけしからん」て怒るのは、まったくごキリョウが悪かアないかと、隼愚考いたします。

だけど、——だけど、よ。あたしのヤリクチは、少なくとも探偵趣味ではない探偵悪趣味じゃないでしょうか？　そうしてこういう悪趣味の大道芸は、現今のようなけしからんドンガラガンの世の中にはどうしたって生まれざるを得ないでございます。

　おもしろき西田様。

あたしの書くことはみんな蛇足みたいなもんですけれど、そうしてこれはとりわけミミズの足みたいなもんですけれど、あの愚作のお茶番を見て知り合いのある文士が、

「熊を貰って、田舎者は朴訥《ぼくとつ》だってヒトリヨガリをしてる大臣。ところが熊は、実はその村の厄介物だった。——なんで、ちょっとコントになるじゃないか。なぜそれだけを、マジメに書かなかったんだい？　エタイの知れない女賊を出したり、ニセ猟師を出したり、第二場を付けたりなんかしない方が、いくら純でいいか知れやしない」って言いました。

けれどもあたしはそのとき言ってやりました。

「何言ってやがんだい。それで済ませるくらいなら、掏摸なんかしないやい。閨秀作家になって、君をお弟子にしてやらア。ビビーッだ」

そしたらその文士が、大いに軽蔑したつもりで言いました。

「度《ど》しがたいチンピラだなア」

さらば、我がおもしろき紳士西田政治様。シャレたカフェで、カクテルの盃《さかずき》でもオナメ遊ばせ。アバヨ、ドンドン。

四《し》遊《ゆう》亭《てい》幽《ゆう》朝《ちょう》

象潟署《きさかたしよ》の高山刑事の尾行をまくために、大通りから抜《ぬ》け裏《うら》、暗闇から明るみと、さんざ歩き回った末、浅草枯木《かれき》亭《てい》の前へふらりと出た。

「四遊亭仙楽《しゆうていせんらく》」と、筆太にしるした看板が立っている。

後ろを振り返ったが、高山さんは見えない。

諦めたものと見える。

仙楽爺さんにもしばらく会わないと思う。たしか若葉時分に、女義太《たれぎだ》の和千代さんの毒殺一件で、会ったきりだと思う。

なんだか爺さんの顔が見たくなった。——と、吸いこまれるような気持ちで、あたしはいつの間にか薄暗い寄席《よせ》に入ってしまった。

三分の入りである。高座には、ちょうど仙楽さんが上がっていた。しばらく見ないうちに、めっきり頰がこけた。眼の縁が妙に黒ずんで、縁起でもないが、あたしはふと「死相」という言葉を思い出した。

「いったい幽霊などと申しますものは」

仙楽さんは話し続ける。

「本当はございませんものだそうで。これは手前などが申しあげますよりも、小学校へおいで遊ばす坊ちゃま嬢ちゃま方のほうが、ご案内でいらっしゃいます。

〽あした夕べに面《おも》やせし、秋の柳の落ち髪も

と、凄味の独吟《どくぎん》につれて、梅幸《おとわや》さんのお岩の髪梳《かみすき》がございましても、帝国劇場のお客席からは、笑い声がそこここに聞こえますようなわけ——もっとも今日のようにお芝居を刈り込まれましては、梅幸《おとわや》さんがいくら名人でも、さぞお演《や》りにくいことと存じます。

話の方にいたしましても同じこと。これが、昔でございますと、初日二日目三日目四日と、残虐非道な筋を絡めてきて、はじめて怪しいことが起こって参ります。お客様方も、いやだいやだと思いながら、筋にひかれてお通い遊ばす。——下地はできている。話し手は師匠、名人幽朝《ゆうちょう》なり。いやもう凄いものでございました。しかし、これはここだけのお話でございますが」

と、仙楽さんは急に声を落として、眼を据えて、静かに左右を見回した。気のせいか、電気の光が少し薄れたように思われた。

「実は手前の師匠自身が」と仙楽さんは幽霊の見得《みえ》になって、

「この気がございました。いえ冗談ではございません。忘れもいたしません、師匠が亡くなります十三日以前。『おれの高座もこの先長いことはなかろうから、今夜は一つ客席から聞くがいい』という師匠の言葉で、手前はお客様に交じって、耳を澄ましたものでございます。

話はいよいよ進んで、……やり手のお虎が、自分の部屋に帰って参りますと、薄暗い行灯《あんどん》の陰に何やらもののある気配。姿こそ見えないが、蚊の泣くような亡き乱菊花魁《おいらん》の声として……

手前は冷や水を背に注がれるような心持ちで聞いておりますと、どこからともなく、するする、するする、というかすかな音が耳に入ります。絹地に触れる鵞毛《がもう》よりもかすかな音でございます。首を縮めたまま、我にもなく隣を振り向くと、隣にいるお方の首が抜けかけております。

二尺、三尺、四尺、みるみる天井に近くなりました。気がつくと右にも、左にも、前にも後ろにも、いえ、席に満ちたお客様というお客様の首が、尺と伸び丈《じょう》と伸びて、――その頃は明かりは瓦斯《ガス》でございました――その瓦斯《ガス》の光の中に、何百という青白いろくろ首が、天井に向かって伸びたまま、うねっております。

青白い首に浮いた青黒い筋は、静脈でもございましょうか、毒ある蛇《じゃ》の皮を剝いだなら、ああもございましょうか。手前は生きた空もなく高座に眼を移しますと、師匠までが……」

ふとあたしは、陰気な、するするという音を聞いた。――右を見る。何事もない。左を見る。変事《へんじ》もない。高座を見る。と、仙楽《せんらく》師匠の首が、二寸、三寸、……。あたしは夢中でその場を逃れでた。電車通りで、半鐘が耳に入った。

振り返ると、枯木亭と思われるあたりに、火の手が上がっている。気のせいか、火炎が青く見えた。

隼の勝利

一

山の手ぐるぐる回りの省線電車で、朝の新聞を見てたら、警察からの話として、――（これから当分の間は、掏摸《すり》の被害の最も多い時期だ。注意しなくっちゃいかん）――て、出てたわ。面白いわね。言い換えれば、――（今が一等掏りいい時期だ。諸君一つやってみたまえ）――って言うことじゃなくて？　警察ってほんとに親切ね。

そう思ったら、あたしはすっかり嬉しくなって、電車が上野のプラットホームへ入ると、すぐ、ピョイと飛び降りて、そのはずみに太っちょの紳士にどんと突き当たって、

「危ないですなア」って、注意されちゃった。――て言うと、皆さんは、

「ざまア見やがれ。秀っぺ、間抜けだなア」って笑うでしょう。だけどお気の毒様。（笑う貴様がおかしいぞ）だわ。だってあたしは、警察の忠告に従って、その紳士から、妙なメタル（？）の付いた金時計を稼いだのよ。

そして景気よく口笛を吹きながら、改札口を出ると、ばったり、私立探偵の富田達観《たつかんお》伯父《じ》さんに出会った。

「いよオ。これからお仕事かね？」爺さんのくせに、やに威勢のいい声だ。

「知らないわよ」

「アハハハハ。いま五十格好の、赤ら顔の、太った紳士を見かけなかったかね?」

「えええええ。ステッキを持った」

「外套《がいとう》を着ていない」

「妙なメタルを下げた」

「そうだそうだ。その紳士はもう電車に乗ったろうか?」

「たぶん乗ったはずよ、あたしが降りた電車に」

「しまったなア」伯父さんは残念そうに呟いた。

「どうしたの? 尾行《つ》けてたの?」

「ああ、ちょっとね」

「だアれ?」

「渋谷の女優殺しの一件だがね。……まア歩きながら話そう」

伯父さんは広小路の方に向かって、踵《きびす》を返した。あたしは、おとなしくその後に従った。

「実は昨日《きのう》」伯父さんは、あたりを憚《はばか》る様子もなく、話しだした。

「殺された松ケ枝歌路の姉と名乗る女が訪ねてきてね――磯野千鳥っていう、やはり新劇の女優だそうだ。知ってるかね?」

「ええ。舞台顔なら、見たことがあるわ」

「そうか。二十五六の女だ。その女から、私は松ケ枝歌路の殺害者の捜索を依頼されたんだ」

「でも警察の方《ほう》には、もう犯人の目星がついてるって言うじゃないの？」

「しかし一向つかまらない。なにしろ事件があってから、かれこれ一月《ひとつき》にもなるんだからね」

「いったい警察の目指している犯人というのは、誰なの？」

「それは分からない。——が、今度は久山さんにも一つ骨折ってもらうかもしれないから、私の知っているだけを話しておこう」

伯父さんはポケットから、朝日を一本摘まみだして、口に銜《くわ》えた。そして立ちどまって火をつけると、再び、ゆっくりした歩調で足を運びながら、言葉を続けた。

「姉の磯野千鳥の言葉に従うと、渋谷に越してくる前には、赤坂にいたんだそうだ。殺された妹の松ケ枝歌路とは、その頃から同居していたので、三ケ月前渋谷へ来てからは、その他に、歌路の内縁の夫の萩原定彦という男が、家族の一員に加わるようになったそうだ。

事件のあった時分には、妹の歌路の方は身体《からだ》が空いていたが、姉の千鳥は剣劇の一座に加わって、浅草に出ていた。したがって凶行の行われた午後十時頃には、もちろんまだ家《うち》に帰っていなかった。また萩原定彦も、銀座の方に出かけて留守だったそうだ。

ところで定彦が帰ったのは、既に十二時近かったが、家の前まで来ると妙に胸騒ぎがする。気がつくと、入口の硝子《ガラス》のはまった格子戸が、開け放しになっている。狼狽《ろうばい》して家に上がると、奥の六畳に、置《お》き炬燵《ごたつ》に突っ伏して、歌路は既に息が絶えていた。

なんでも最初は、仮睡《うたたね》をしているようにしか見えなかったと、定彦は警察で申し立てている。むろん部屋は、取り乱されたところは少しもなかった。紛失した物もない。したがって盗賊の所為でないことは明らかだった。ただ歌路の首にわずかばかりの擦過傷《さつかしょう》があり、着物の襟が少し乱れていた。――そしてこれは、柔道の手で絞殺されたという警察医の推論を、裏書きすることになっている。

そう言えば歌路には、まだ赤坂にいた頃、柔道初段の無頼漢小森勝之助という情夫があった。しかも炬燵のそばには小森に宛てた手紙が、皺になって落ちていた。たしかに歌路の字だ。

定彦はこれをもって急いで最寄りの交番に訴え出たんだそうだ。一方千鳥は、この時の興業では女主人公の、勤王党に心を寄せる祇園の俠妓《きょうぎ》の役をふられていたから、大詰めまで引っぱらなければならなかった。だから帰り仕度をはじめたのは、かれこれ十一時近かった。

とこの時、千鳥の旦那、吉村達雄から、(浅草の例の待合《うち》で待っているように)という電話が掛かってきた。千鳥は正直に、いつまでも待った。しかし吉村は来なかった。後でなじったら、(そんな電話をかけた覚えはない)と、吉村は突っ放した。なにしろ電話のかかった時には、千鳥は楽屋風呂に入っていたので、電話口へは他の者が出たんだから、じっさい吉村が掛けたのか掛けなかったのか、真偽の程は分からない。

それから千鳥は、私に、(定彦は知らないらしいが、ただ一つ紛失したものがある。それはスフィンクスのメタルをつけた金時計だ）と言っていた。なんでもそのメタル（？）っていうのは、五分位な象牙細工のスフィンクスだそうだ。ただ変わっているのは、スフィンクスの首が髑髏《どくろ》になっていて、その眼にはダイヤが嵌《は》めてあるということだ。そしてその時計は、歌路が小森から貰った物で、したがって歌路は、定彦には隠すようにしていたものらしい」

「じゃさっき、伯父さんが尾行《つ》けてた太っちょの紳士が、犯人なのね？」あたしは伯父さんの口元を見上げて、とつぜん言葉を挟んだ。

「そうかもしれない」伯父さんはいっこう気のない返事をする。

「あの紳士が小森とかって男でしょうか？」あたしは重ねて畳みかけた。

「あるいはそうかもしれない」

「警察では小森の居所を知らないの？」

「知らないんだ。知ってればとうに挙げてるはずだ。……もっとも一昨日《おととい》、新しい嫌疑者を一人検挙したらしいがね。しかもその人物が、磯野千鳥と、何か関係があるのじゃないかと思われる。あるいは千鳥は、その人物を助けたいために、私に捜索を頼んできたのかもしれない。……むろん千鳥自身は、そんなことを口外はしないが」

ふっと、伯父さんが口を噤《つぐ》んだ。

後ろに人の迫る気配。二人は同時に振り返った。ヴェールに面《おもて》を包んだ女優づくりの美人が立っている。

「まア、やっぱり先生でいらっしゃいましたのね」女はわざとらしい科《しな》を作って、

「昨日はほんとにお邪魔をいたしました」

「いやア」伯父さんはいっこう変哲もない返事をする。

「あのウ、こちら様は？」女はチラリとあたしの方を見る。

「助手です」伯父さんの返事は、今度もぶっきらぼうだ。

「まア、左様でいらっしゃいますか。私は磯野千鳥と申します。どうかよろしくお願いいたします」女はなかなか如才がない。

「時に先生。昨日《きのう》お願いに上がりました事件につきまして、是非お耳に入れておきたいことができましたから、しばらくおつきあい願えませんでございましょうか？」

「結構です。参りましょう」

「およろしかったら、あなたもどうか」

「お伴をさしていただきます」あたしは丁寧に答えた。

「まア、ほんとに好都合でございましたこと。きっと犯人が捕まる前兆でございますわ」

女は感謝に満ちた眼をして、あたし達を等分に見ながら愛想よく言った。それから慣れた態度で、後ろの方に向かって合図をした。

立派な自家用の自動車が、音もなく、あたし達の前に辷《すべ》ってきた。

勧められるままに、伯父さんに続いて、あたしはそれに乗った。最後に乗った女が、あたしに向かい合って（運転手と背中合わせに）座席に身を沈めると同時に、自動車は動き

だした。

自動車には、あたし達よりも前に、も一人先客があった。伯父さんに向かい合って、女に並んで座を占めていた。眉の濃いローマンノーズの青年紳士で、スポーツマンらしく、小気味よく筋肉が引き締まっていた。女はすぐ、この男をあたし達に紹介した。男は、死んだ歌路の情夫の萩原定彦だった。

男は歌路の性質や習慣について、ぽつりぽつり話し続けた。そして時々、女にも同意を求めた。しかし女は、「ええ」とか「いいえ」とかいう簡単な返事をするだけで、不快そうに窓の外ばかり見ていた。

自動車はいつか、東京を遠く離れていた。人家が少なくなって、果てしなく麦畑と桑畑とが続いた。そのところどころには林があった。あたしはほとんど東京市を離れたことがなかったので、今どこを走ってるんだか、てんで見当がつかなかった。ただ物珍しい新鮮な景色を、心ゆくまで味わっていた。

林の数はだんだん増していった。やがて自動車は、大きな森の中に入った。

突然、あたしは何とも言いようのない不安な気配を感じて、窓から眼を離した。と、女の両手にピストルが光っている。筒先はあたしと伯父さんを狙っている。

「富田さん。はなはだ恐縮ですが、ここ当分の間、私どものお客になっていただきたい」

憎らしいほど落ち着きはらった男は、にやりとして、再度言葉を続ける。

「警察を恐れない私も、千鳥が貴方《あなた》を依頼したことが分かってみると、いささか穏やかでない。で、今日はこれを千鳥に仕立てて」

「富田さん。お久しぶりね。――お忘れになって?」女が男の言葉を引き取って言った。

男は、松旭斎天一《しょうきょくさいてんいち》大魔術という手つきで、女のヴェールを払った。引き眉――濃い白粉《おしろい》――かつら――

「浜のお政ですわ」女は得意になって顎を突きだしたが、「今度は隼が負けね」と、あたしの方に方向を転換してきた。

秀っぺたるもの、ぐうの音《ね》も出ない。

「いやア、貴女《あなた》が隼お秀さんですか。手前実は、ご同業の小森勝之助、ご別懇《べっこん》に願います」男め、やに丁寧に言う。

突然、ガタン――と揺れて、自動車が止まった。

「虎。止めるなアもっと先だ」と小森。

「ちょっと故障ができまして」と、言葉の終わらぬうちに、運転台からにゅっと両腕が伸びる。

お政が声を立てる間もなく、その手がピストルを奪う。ピストルの口が、小森とお政の方を向く。

「アッ。手前《てめえ》は小川――」

「いかにも小川三平。虎の代理にやってきた」

あたしは、はっと呼吸《いき》を呑んだ。

二

「富田さん。この二人を捕縛なさい。事情は……」小川さんの言葉は、しかしここで、「警官」という小森の叫び声に、遮られてしまった。

「何っ」小川さんも、あたしの後ろの小窓を透かし見た。と、顔色とともに、ガラリ、態度が変わった。

「富田さん、すぐ降りてください。久山さんもどうか。何も言わずに」伯父さんは躊躇なく腰を浮かした。

「早く」小川さんがまた急きたてた。

無論、あたしも伯父さんに続いて飛びおりた。同時に自動車は、一散に走り去った。そのガソリンの煙がまだ消え去らないうちに、後ろから、二人の警官を乗せたサイドカーが、全速力で追ってきた。しかしあたし達から五間《けん》と行き過ぎないうちに、なぜか止まってしまった。

二人の警官は、あわててあたし達の所まで戻ってきた。そして伯父さんが、あたし達を乗せてきた自動車を追うように進めたけれど、聞こうとはしなかった。渋谷の女優殺しの犯人が乗っていることを説明したけれど、やはり無駄だった。その上、

「貴様さえ押さえておけば、自動車の隠れとる先はすぐ分かるよ」とも威張った。様子

がおかしいと思って追跡してきたところ、果たして怪しい自動車であったことが、二人の警官にとっては、たいへん得意らしかった。

あたし達は、とうとう二人の警官の属している、埼玉県の浦○警察署に引っ張られて行った。そして浦○からの照会によって、東京の渋○警察署から首実検の人が来るまでは、自由の身になることはできなかった。

渋○から来た伯父さんと知り合いの刑事に伴われて、あたし達はその夜遅く、渋○警察署に引きあげた。世間の注意をひいている女優殺しの手掛かりというので、署長もわざわざ出てきていた。

署長はあたし達から、小川さんに会った顚末を聞いて、初めて二日前に押さえた嫌疑者というのが、実は小川さんであったことを明かした。

「なに、ちょっと密告してきた者がありましてね。これですよ」署長は一通の手紙を示しながら、話し続ける。

「しかし最初は、私もあまり小川を疑いませんでしたが、実は昨夜脱走しましてね」

「まア、小川さんが?」あたしは思わず声を立てた。

——一体あたしが小川さんを知ったのは、一年前の春だった。小川さんの本名は、池田忠夫と言った。そしてある殺人事件——忠夫さんの妹を汚《けが》した色魔を射殺したこと——のために、家出をして、姓を改めて当局の眼をくらましていたのだった。そしてあたしは、その小川さんの境遇に同情して、ほんの少しではあったが、小川さんの一家のためにつくしたことがあった。

しかしあたしは、「動きやすい自分の心」を恐れて、わずかに一二時間だけで、小川さんとの交渉を絶ったのだった。――それだけの交渉ではあったが、あたしの知っている小川さんは、けっして、無闇に殺人などを犯す人ではなかった。だからあたしは、この事件はどうしても、伯父さんとあたしの手で解決しなければならないと決心した。

それから一時間後には、あたし達は伯父さんの書斎に、向かい合っていた。

「まア今のところ、第一の嫌疑者は小森勝之助だね」伯父さんは言う。

「しかし署長の見せた手紙や、留置場から脱走したことから考えると、小川三平も疑って見なければならない。それに小川は、歌路がもと住んでいた赤坂で、自動車の運転手をしているんだしね。それから第三には、姉の千鳥の旦那の吉村達雄だ。自分じゃ打ち消しているが、凶行のあった夜、しかも十一時前に、千鳥に電話をかけたことになっている。それにこれは、千鳥の帰りを遅らせる手段とも思われるんだから、怪しいと言えば怪しい。この三人のうち、小森と小川は、いま我々にはちょっと手を出しかねる。が、この方は警察でよろしくやってくれるだろう。ところで吉村には、我々にとってちょうど都合のいいことがある。これをご覧」

伯父さんはこう言って、あたしに新聞の切り抜きを渡した。

小間使を求む。当方勤めよき家庭。希望者は本人来談あれ。
麴町区永田町五〇
吉村達雄

「どうだ、行ってみる気はないかね?」

「ええ、ぜひ行くわ。でも警察に教えちゃ駄目よ」

「なぜ?」

「だってね、……」あたしはポケットから紙片《かみきれ》を投げだした。


赤坂タクシーの運転手小川三平を捕えよ。松ケ枝歌路の殺害者なればなり、ただし事は密なるを要す。測らざる故障起こるべければなり。


「さっきの手紙じゃないか。ひどいことをするなア」伯父さんは苦笑した。

「だって警察で持ってたって、役には立たないわよ。そのくせあたし達に貸しっこないでしょう? 離れ技をやらざるを得ないのよ」あたしは、素早く手紙をポケットに捩《ね》じこんで、梯子段《はしごだん》の所へ飛んでいった。そして階下《した》に向かって怒鳴った。

「伯母さアん。今夜泊めてちょうだいね」

柱時計が一時をうった。

三

次の朝、眼が覚めた時には、枕元に、貸衣裳屋の物らしい質素《じみ》な銘仙の着物が、あたしを待ち受けていた。てんで柄が気に入らなかったけれど、小間使の候補者では贅沢も言えないので、朝御飯もそこそこに済まして、永田町の吉村家に出かけた。

都合のいいことには、主人の吉村達雄氏は、ちょうどこれから外出しようとしていたところだったので、あたしはすぐに書斎に通された。

しかし書斎に一足入ると同時に、あたしはぎょっとして面《おもて》を伏せた。まんざら予期しないことでもなかったが、吉村氏は、あたしが昨日《きのう》上野で時計を掏《す》りとった紳士だった。

吉村氏には、何か大きな心配があるように見えた。一刻一刻に近づいてくる不幸の前に、ただただ恐れ戦《おのの》いている人のように見えた。したがってあたしを記憶しているとは思われなかった。

もっともこれはあたしの思い違いで、吉村氏は実際において、あたしの想像するような、そんな心配なんか持っている人ではないのかもしれなかった。が、それにしても、省線の飛び降りをする洋装のモダンガールと、じみな銘仙姿のしとやかな小間使志願者とを、結びつけて考えるはずはなかった。そしてこのしとやかなということが、たいへん吉村氏の気に入ったらしかった。

あたしはその場からすぐ、旦那様づきの小間使として雇われることになった。（奥様は身体《からだ》が悪くて、子供方と一緒に、葉山の別荘の方に住んでいるということだった）

女中部屋に下がって、先輩のおさんどんと、吉村家の人たちの陰口を聞いていると、ジリリリリと、頭の上でベルが鳴りだした。

「旦那様がお呼びだわ。早くおいでよ」お甘藷《いも》太りの先輩が注意してくれた。

書斎に入ってゆくと、吉村氏はなかばあたしの方に振り向いて、

「出かけてくるから、洋服にブラシをかけてくれ」と言って、よろりと立ちあがった。そして、手帳様のものを、テーブルの引き出しに入れて、ピンと錠を下ろした。あたしは、それを小切手用紙だと見た。テーブルの上は、乱雑に取り乱されていた。

あたしは教えられたとおり、玄関の次の部屋に洋服を取り揃えた。それから外套《がいとう》と帽子を持って、玄関で待っていた。

吉村氏は玄関へ来て、上着の右のポケットに、ちょっと触った。靴を穿《は》いてシャンと立ちあがった時に、またちょっと触った。

（何か入ってるのね）あたしにはすぐ分かった。――その人の無意識な手の動きによって、貴重品（でないまでも、その人の気にかかる品物）が、どこに入っているか、あたしには分かる自信がある。

嘘だと思うなら、ラブレターでも懐に入れて一日じゅう浅草をぶらぶらしてみるといいわ。きっとあたしが掏《す》ってお目にかけてよ。そうでなければ由公《よしこう》か兼吉《かねきち》か、ともかく器用なあたしの子分の誰かが、その晩どこかのカフェーの隅で、にやにやしながら、あなた方のラブレターを読んでるわ――で、どうもたいへん脱線しちまったけれど、そういうわけで、あたしは丁寧に、吉村氏に外套《がいとう》を着せかけた。

吉村氏の元気のない姿が門の外に消えると、あたしは玄関の障子を閉めて、袂《たもと》から二枚の紙片を取りだした。言うまでもなく、外套を着せかける時に頂戴したものだった。四つに折った方を広げて見ると、

> 貴下の名誉の為に、来る三月十七日午後二時、金二千円を、上野停車場三等待合室に持参せよ。一ケ月以前、貴下が渋谷に行きし時の自動車運転手が、余なることを知らば、余の要求の理由は、自ずから明らかなるべし。重ねて言う、貴下の名誉の為に、地位の為に。
>
> 小川三平

もう一枚は、二千円の小切手。

あたしはその小切手だけは、取り散らされたテーブルの上に返却した。――そうよ、あたしはしとやかなのよ。そして公明正大なのよ。公明正大はいいもんだわ。だから意気

揚々と女中部屋に凱旋した。

それから二十分。

玄関がガサガサ、ドタ、バタリ。旦那様のお帰り。

旦那様はあわてて書斎に入っていった。顔色が変わって、玄関から書斎へ行く間にも、手は未練らしく、ポケットというポケットを掻き探していた。

さて、翌朝。

門にある受け函《ばこ》から郵便物を取りだすと、そのうちに、昨日《きのう》の手紙と同じ手《て》跡の上書きの手紙があった。先輩のおさんどんの話によると、旦那様のお目覚めは、どうせお正午《ひる》近くだという。あたしは書斎へ掃除をしに行って、落ち着いて、その手紙の封じ目を剥がすことができた。

> 貴下の約束不履行に対して、金額を三千円となす。なお事態は切迫せる故、現金なるを要す。会合の場所も、万一を慮《おもんぱか》りてここにしるさず。ただ十九日午後二時、尾張町のカフェー・スカンクに行きて、十三号の女給にこの手紙を示せ。
>
> 小　川　三　平

ふとテーブルの上のインキ消しが目についた。あたしは「三千円」を「四千円」と直した。そして元どおり封をして、他の郵便物と一緒に吉村氏の枕元に置いた。

その晩、あたしは達観伯父さんに、(明日午後二時、カフェー・スカンクの十三号の女給を注意するよう)に、電話をかけた。

翌日。

吉村氏は再び手紙と現金四千円を持って、元気なく靴を穿《は》いた。そしてあたしも再度《ふたたび》、その二品を(巧みに入手)した。

が、今度は大いに(考慮)することにして、手紙の中の「四千円」を(撤回)して「三千円」に直し、現金の方もそれに(妥協)さして、手紙と三千円を、テーブルの引き出しに入れた。むろん千円だけは、手数料としてあたしがいただいた。

ところで吉村氏は、二十分もたつと、この前と同じように青くなって帰ってきた。そしてさんざん書斎を掻き回した末、眼の前のテーブルの引き出しから手紙と三千円を掴みだして、また、不審が晴れないような顔をして出ていった。

あたしはすぐに書斎に引き返して、そこここと探し始めた。しかし他の奉公人たちに疑われないように、幾度か部屋を出なければならなかった。

あたしは三度目に書斎に入った。証拠になりそうな物は、まだ見つかっていなかった。あたしは夢中になっていた。

と、突然ドアが開いた。

「こらっ。何をしているんだ」ガーンと響いてきた。

吉村氏が大手を広げて掴みかかってきた。

四

あたしはヒラリと身を交わした。

「まア旦那様、何を遊ばしますの？」

「黙れ泥坊」

「何だと、人殺し」あたしはテーブルの向こうへ回った。

「人殺しだと！」吉村氏は青くなって喘《あえ》いだ。

「そうよ。一ト月前に渋谷でね」

「馬鹿を言え」

「だって恐迫状に、ちゃアんと書いてあるわ」

「しかし人殺しのあった家へなど行かん」

「じゃスフィンクスのついた時計は、どっから持ってきたの？」

「あれは俺のだ。洋行の帰りに買ったんだ」

「嘘ついてるわ」

「嘘じゃない。メタルの裏に、（カイロにて求む、ＴＹ）と、おれの頭字《かしらじ》まで彫ってある」

「でも歌路さんが持ってたのよ。おかしいわね」

「おれもおかしいと思った。一年前に泥坊が入った時に、他の物と一緒に取られたんだ」

「やい見ろ、口を辷《すべ》らしたわ。人殺し」

「いや、殺さない。おれが行ったのは十一時前だった。歌路は死んでいた。時計はその枕元にあったんだ」

「そんなら、何だって恐迫に応じたの？」

「おれには殺人を否定するだけの材料がない。事実を言えば嫌疑を増すだけだ」

玄関でベルが鳴る。

「留守だと言ってこい」

あたしは吉村氏の横をすり抜けて、書斎を出た。


「伯父さん。カフェー・スカンクの結果はどう？　こっちにもちょっと面白いことがあったわ」

その夜みんなが眠りについてから、あたしは吉村氏の書斎のテーブルに向かって、達観伯父さんに手紙を書き始めた。


同封の恐迫状はね、あたしがこの家に来た日、つまり十七日にあたしの手に入ったの。吉村氏はこの恐迫状の申し込みに応じようとしたけれども、ある事情のために果たさなかったわ。

すると、第三の恐迫状が昨日《きのう》、つまり十八日にまた来たわ。そしてその結果を知る鍵は、スカンクの十三号の女給だから、伯父さんにはもう分かったわね。あたしはまだ知らないのよ。

　ところで吉村氏の言うことが本当だとすれば、凶行のあった夜、吉村氏が行った時には、千鳥さんはもう死んでたんですって。そうすれば犯人は、吉村氏や小川さん以外の誰かなのね。実際スフィンクスの時計に関する吉村氏の話なんかは、どうもほんとらしいのよ。

　でも吉村氏の言うことが嘘だとすれば、吉村氏も小川さんも怪しいものね。

次に、小川さんを警察へ密告した手紙を、やはり同封しときましたから、恐迫状と比べて見てちょうだい。ちょっと見ると手跡《て》が違ってるようだけれど、あたしには、どこか共通なところがあるように思われてならないわ。それに恐迫状の方は吉村氏に聞くと、十六の朝受けとったんですって。

　とすれば、十五日に出したのね。だのに渋○の署長は、小川さんは十四日につかまって、十五日の夜脱走したように言ってたわね。だから二つの手紙は、小川さん以外の誰か（仮にＫとしておくわ）が、書いたんじゃないでしょうか。

　とすれば、Ｋは、吉村氏の犯罪を知っているか、でなければ自分が歌路を殺しておいて、吉村氏に嫌疑がかかるようにしたのね。そうしておいて小川さんの名で恐迫したのね。

　つまり吉村氏と小川さんを会わせないようにするために、小川さんを警察の手に渡しといて、急いで第一の恐迫状を書いたんじゃないでしょうか。そして第二の恐迫状も、同じように小川さんの自由を奪っておいて、書いたんじゃないでしょうか。こう考えてくると、一昨日《おととい》小川さんと小森が同じ自動車で逃げたことから見て、ここにKとしたのは、実は小森勝之助のように思われてならないわ。

ではこれでさようなら。何かあったら、またお知らせするわ。

十九日夜

秀

翌朝、手紙をポストに入れて帰ってくると、行き違いに、達観伯父さんから速達がきていた。

前略。御申し越しの時刻にスカンクに参り候処《そうろうところ》、愚老よりも先に、十三号の女給の方が愚老を発見し、早くも逃亡致し候。しかし確かに浜のお政と見受け候まま、時を移さず尾行を始め候いしが、上野駅にて竟《つい》に見失い申し候。

よって一昨日自動車にて連れ行かれし道を辿り、ようやく小森一味の隠れ家を突き止め候。しかし、一味は逃亡の後にて小川三平氏の監禁せられ居りしを、救いしのみに候。なお委細は、拙宅にて小川氏よりお聞き取り下され度、愚老はこれより、直ちにお政の本拠なる横浜方面へ、探索に赴く所存に候。早々。

十九日夜

達観生

あたしは読み終わるとすぐ、無断で家を飛びだした。市電の停車場までは、ほとんど駆け足で行った。

電車に乗ってからも、妙に心が落ち着かなかった。(小川さんと言葉を交わしてから、もう一年になる)――あたしは考え続けるのだった。

――あの後小川さんからは、幾度か手紙がきた。あたしはそのたびに、歯を食いしばって、お返事を書きたいのを我慢した。あたしは、自分が小川さんをラブするようになるのが、恐ろしかった。

もちろん掏摸《すり》であるために、自分で自分を卑下したのではなかった。また、恋人を持たないということが、子分らを押さえるのに便利だと考えたのではなおさらなかった。ただラブなんて事がどうもあたしの趣味に合わないんだ。でも、これから小川さんに会いにゆくんだけれど、何から話したらいいかしら?――

(馬鹿馬鹿。秀っぺの馬鹿)あたしは自分で自分を叱りつけた。(ただ冷たい心で、至極事務的に、小川さんの報告を聞けばいいじゃないか)

しかしあたしの「心」は、あたしの「頭」の命ずるとおりになろうとはしなかった。どうかすると「頭」の方を置きざりにして、「心」だけが桃色の霞の中に迷い入ろうとした。その霞の奥には、麗しの騎士小川さんが、「心」を待ちわびて佇《たたず》んでいた。

あたしはとうとう、達観伯父さんの家《うち》の玄関に立った。轟く胸を押し鎮めて、案内を乞うた。

サラリ――障子が開く。思いがけない小川さんだ。

あたしはハッと呼吸《いき》を呑んだ。赤い血が、頭に、頬に上るのを感じた。

「どうぞお上がり――さア、どうぞ――」小川さんも、あわてて促した。

五

それはたいへん長い時間のようにも思われた。また非常に短い時間のようでもあった。二人――小川さんとあたし――の間には、それからそれへと、話が尽きなかった。あたし達は、手先さえも触れ合わなかったけれども、心はすっかり融けあっていた。

「でも早いもんですね。あれから一年……」小川さんが感慨深く言った。

とたんに、縁先で木の葉が鳴った。二人はハッとなって眼を見合わした。同時に障子に手をかけた。左右に開いた。――チラリと、人影が消えた。若い女の後ろ姿。――

「浜のお政じゃなかったでしょうか?」あたしは声をひそめた。

「確かにそうです」小川さんは後を追おうとして、縁側に飛びだした。

「うっちゃっておおきなさいよ。それに、お政がわざわざここへ来るのもおかしいし、きっと人違いですわ」

「ハハハハハ。そうですね」小川さんは元の座に帰った。

「ときに久山さんは、前からあの女をご存じなんですか?」

「ほんのちょっと。いつだったか、あたしの悪口を言ったたってことを聞いたもんですから、横浜まで仕返しをしに行ったことがありますの」

「どうりでこの間、自動車で、(今度は隼が負けた)なんて、言ってたんですね」

「そうなの。貴方《あなた》また、小森やお政をどうしてご存じですの?」

「なに、小森が赤坂にいた時分、たびたび僕の自動車の客にしたことがあるんです。最近にも一度、例の浦○の隠れ家まで、自動車に乗せてったことがありますよ」

「お政の方は?」

「今度の事件で、初めて知ったんです。二人の関係は、まだ新しいらしいですね」

「どうしてまた、小森の自動車に乗ってらしたの?」

「ええ、それはちょっと前からお話ししないと分かりませんが……」

小川さんは言葉をきって考えをまとめようとでもするように、じっと庭の植込を見つめた。それから再び言葉を続けた。

「実は松ケ枝歌路が殺された夜、吉村氏――ご存じでしょうが、歌路の姉の旦那です――その吉村氏の自動車を運転して、歌路姉妹の家《うち》へ行ったんです」

「何時《なんじ》ごろ?」あたしは思いきって斬りこんだ。

「十一時前でした」小川さんも緊張してくる。

「そのとき貴方《あなた》は、中へは」

「むろん入りません」

「吉村氏は？」

「入りました。しかしすぐ出てきました。非常に狼狽《ろうばい》していたようでした」

「あなた最近に、吉村氏に脅迫状を送りゃしなくって？」

「絶対にそんなことはありません」小川さんはきっぱり言いきった。

「貴方《あなた》名義の脅迫状が、現に吉村氏に行ったんですけれど、心あたりはなくって？」あたしは聞いてみた。

「小森じゃないでしょうか？　あのとき帰りに、歌路姉妹の家から一丁ばかりも来た時、小森が僕たちの方に向かってくるのに出会ったんです。それに僕を警察に密告したのも小森だと思います」

「貴方《あなた》警察で、事実を言わなかったの？」

「ただ簡単に殺人を否定しておいて、明くる日十五日の夜、留置場を破りました。法律には不備な点が多いんです。小森のような法網を潜ることの上手な不徳漢に制裁を加えるには、自分で手を下すより他に仕方がありません。

僕は留置場を破るとすぐ、浦〇の小森の隠れ家に忍び込んで、虎とかいう運転手を縛って、そいつに変装しました。後はご存じのとおりです」

「これからどうなさるおつもり？」

「もう小川三平でもいられますまい」小川さんは寂しく笑った。

「もとの池田忠夫になって、妹の所へ帰りましょう」

「ほんとにそれがようございますわ」あたしもしんみり言った。

と、そこへ、電報がきた。いそいで開く。

テガカリナシ。トミタ

六

電報によれば、横浜の方にも手掛かりがない。とすれば、小森の立ち回りそうな所は？

……

そうだ！　小森の元いた赤坂、赤坂を探ろう。

あたしは、一緒に行こうという小川さんを、（貴方《あなた》が出歩くのは危険だから）と、強いて押し止めて、ひとりで家を出た。

あたしは小森の元の住所を知るために、赤坂郵便局を訪ねた。元の住所は、郵便局ですぐ分かったが、それから後は（もちろん最近の隠れ家も）、ぜんぜん分かっていなかった。

そして事務員の一人は、

「一ト月ばかり前にも、例の殺された松ケ枝歌路から手紙がきましたっけ」と、教えてくれた。

「それでその手紙は？」あたしは聞いた。

「仕方がありません。送り返しましたよ」

あたしは郵便局の電話を借りて、海浜ホテルのあたしの部屋にかけた。そして子分のうちでも人相のよくない兼吉《かねきち》を、渋谷駅まで呼びだした。

＊　＊　＊

磯野千鳥の家。八畳の座敷。

正午の陽が、明るくガラス戸に差している。

なき歌路の情夫萩原定彦は、暗く項垂《うなだ》れていた。

定彦に向かい合ったあたしは、内懐で両手を縛られていた。あたしを連れて、一ケ月前の凶行当夜の盗難をしらべにきた偽刑事の兼吉が、凄い面《つら》をして定彦をきめつけた。

「君は十一時よりも前に、一度帰ったね？」

「そんなことはありません」

「ではそれまでどこにいた？」

「……」

「言えまい」

兼吉は袂《たもと》から、例のスフィンクスの付いた時計を引きだした。

「これに見覚えがあるだろう?」

定彦の顔から、さっと血の気が失せた。

「君、もう白状した方がいいわ」あたしはすかさず口を入れた。

「その時計は歌路さんの頭の所にあったのを、あたしがあの晩取ったのよ」

その時計の紛失のために、一ケ月間悩みぬいていた萩原定彦は、わたしのかけた鎌を、疑おうとはしなかった。定彦はあたしの言葉どおり、その夜あたしが泥棒に入って、定彦の凶行を残らず見ていたということを信じた。そして一切を白状した。それによると、

——


定彦はその夜、銀座から八時頃に帰ってきた。そして玄関で、付箋をして返ってきたところの、歌路から小森に宛てた手紙を見た。その手紙は、簡単に、小森から頼まれた金策を拒絶したものだった。

しかし歌路と小森の関係を疑った定彦は、嫉妬に燃えながら、置《お》き炬燵《ごたつ》に仮睡《うたたね》をしていた歌路を揺り起こした。あいにく歌路の前には、定彦が今まで見たことのない時計があった。

痴話喧嘩がこうじた。

定彦は女の胸倉《むなぐら》を取った。

咽喉《のど》を絞めた。

それが利き過ぎた。

凶行は偶然に行われた。

定彦は小森に宛てた手紙のあるのを幸い、罪を小森に着せようとした。が、そのためには、自分の不在を証明しなければならない。しかしそうしてるうちに、姉の千鳥が帰っては困る。

定彦はそれを防ぐために、吉村の名で自動電話をかけて、千鳥の帰りを食いとめた。それから一時間ばかり歩き回って、角の煙草屋《たばこや》へ寄って、銀座からいま帰りである証拠を残して、再度帰宅したのだ、——ということである。

定彦は、偽刑事兼吉《かねきち》に忠告せられて自首した。

七

次の朝あたしは、私立探偵の達観伯父さんと、女優の千鳥さんの訪問を受けた。

「みんな久山さんの功績《てがら》だ」

伯父さんは自分のことのように、愉快そうに言うのだった。

「これを機会《しお》に、いたずらをやめて、私の後継者になってもらえないだろうか？」

「伯父さんお世辞が上手ねえ」あたしははぐらかした。

「そんなことを言わないで、これもしまって」伯父さんは、千鳥さんが成功報酬として持ってきた三千円を、あたしの方へ押しやった。

「そりゃア伯父さんのだわ」あたしは反対した。

「私も取らないよ」

伯父さんは悪戯《いたずら》っ児《こ》然とそり返った。

「それでは私が困ってしまいますわ」千鳥さんが仲裁に入った。

「これは小森に取られるはずの金だからと、吉村も申しておるんでございますから」

「じゃ伯父さん、いただきましょうよ。そうして千円だけは、ぜひ伯父さんが取ってちょうだい。それから二千円を、定彦さんに贈りますわ、——あたしが差し出たお詫びに」

あたしはこう提議した。

「では貴女《あなた》は？」

千鳥さんが言う。

「あたしはいいんですの——もういただいたんですから。吉村さんのお宅で、無断で頂戴しましたの。隼お秀、掏摸《すり》ですもの」あたしは立ちあがった。

「さア、食堂へ参りましょう」あたしは二人を案内して、海浜ホテルの食堂に降りていった。

「久山さん」千鳥さんはコーヒー茶碗を置いて、言った。

「くどいようでございますが、せめて千円だけでも収めていただけませんでしょうか？」

「大層な景気ですな」突然、後ろで声がした。

「貴様は小森！」達観伯父さんが立ちあがった。

「まアお待ちなさい、富田さん」小森は落ち着き払って言った。

「僕には、貴方《あなた》からかれこれ言われることはないんですからね」

「そうは言わせないわ」あたしは小森の言葉を引き取った。そして、「千鳥さん、千円だけいただきましょう。いえ、その千円で、これを買ってくださいまし」と言いながら、小森を尻目にかけて、スフィンクスのメタル（？）の付いた時計を、テーブルの上に置いた。伯父さんも、千鳥さんも、小森も、その後ろにいた浜のお政も、同時にアッと驚いた。

「これはね」あたしは言った。

「もともと吉村さんの物ですって。それを一年ばかり前に、小森さん、――君が盗《と》って、歌路さんに贈ったんでしょう？――何よ、その顔は⁉　男らしくあっさり兜《かぶと》をお脱ぎなさいよ。隼の勝利じゃないの」

あたしは得意になって、なおも言葉を続けた。

「お政さん。君昨日《きのう》、富田さんの家《うち》に来なかった？」

「知るものか」お政は吐きだすように言った。

「すみません。昨日立ち聞きをしたのは、私でございます」千鳥さんが頬を染めながら言った。

「まア貴方《あなた》が？」あたしは驚いて、聞き返した。

「ええ。でもそのお陰で、私の迷いが晴れました。小川さんが貴女《あなた》を慕ってらっしゃることを初めて知りました」

千鳥さんは言葉をきった。紅《くれない》はもう頰から去っていた。

「私は小川さんをお慕い申し、そのために富田さんに、今度の捜索もお願いしましたんですが、みんな過ぎ去ったこととして、忘れてしまいましょう。そしてこのスフィンクスのメタルを吉村に返して、新しい生涯に入りましょう」

「まア」あたしは我知らずそう言って、千鳥さんを見守った。

「私は胸の病も患っております。ですから吉村とも、別れることに決めました」千鳥さんは帯の間から汽車の切符を出して、テーブルの上に置いた。そして言葉を続けた。

「これは奈良行の切符でございます。そこに私の信心する、一種の神道の本部がございます。迷信とも旧式とも、どうかお笑いくださいまし。私は一生、神の使徒で暮らします。そこから、――久山さん。朝のお勤めのたびごとに、隼の勝利を祈念いたしましょうね」

千鳥さんはこう言って、今は明るく笑ったのである。

どうもいいお天気ねえ

どうも、
どうもいいお天気ねえ。

って言うのは、ご挨拶のつもりなのよ。本当はもっと何か言いたいんだけれど、でも、これでもいいわね。だってあたし、他の言い方を知らないんですもの、だからこれでまけておいて、一緒に遊んでちょうだいね。そして一緒に喧嘩もしましょうね。

ええそうよ。ちゃんとした理由《わけ》さえあれば、喧嘩をしたっていいことよ。そりゃ剣劇の活動みたいに、しょっちゅうチャンチャンバラバラやってるのは馬鹿に違いないけれど、若槻《わかつき》だの床次《とこなみ》だの田中だのって爺ちゃんみたいに、肝心のとこで妥協する奴は、なお馬鹿よ。――なアんて、なかなか偉いでしょう？

今に女の代議士になるのよ。――って言うのは嘘よ。あんな下等な職業《しょうばい》を、誰がするもんですか。これでもテニスの選手《チャン》よ。あたしの女学校では、二年で選手になってるのは、憚《はばか》りながらあたしだけだわ。

ちっと脱線したけれど、ともかくこれからは仲良くしてちょうだいね。あたしお友達とふざけるのも好きだけれど、大人の仲間入りをするのも大好きなんですもの。――でも皆さん、あたしを仲間に入れてくださるかしら？

だって皆さんは、あたしの崇拝する岡鬼太郎《おかきたろう》先生や森暁紅《もりぎょうこう》先生のお書きになった立派なものばっかり、今までお読みになってたんですもの。なんだか心配だわ。——どうかいけないとこがあったらお手紙ででも教えてちょうだいね。

お手紙は、博文館の編集局宛てにくだされればよくってよ。家庭《うち》の方でもいいんだけれど、家庭って言ったって、姉さんと一緒に安ホテルに間借りをしてるんでしょう。だもんだから、あたしが学校へ行ってる留守に、姉さんの子分が開けて仕様がないの。あの人たちときたら、ほんとに困っちゃうわ。

あの人たちみんな、他人《ひと》の物と自分の物の区別が分からないのよ。もっとも仲間同士の物は取らないことになってるんだけれど、他人の手紙を開けるくらい、何とも思う人たちじゃないわ。——ええ、みんな掏摸《すり》なの。姉さんはその大将だわ。隼お秀って言うのよ。どう？　驚いて？　いい気味。——っていうのは嘘よ。あたしおてんばだもんだから、人が驚いたり逃げだしたりすると、嬉しくってしょうがないの。堪忍してちょうだいね。

いやよ、そんなににらめちゃ。そんなに睨《にら》めると比目魚《ひらめ》になってよ。——あら。「親を睨めると比目魚になる」んでしたっけね。でもあたしを睨めたって、鰈《かれい》か比目魚か、どっちかになるわよ。

なんだかまた脱線しちゃったようだけれど、その隼お秀いわゆる秀っぺ姉さん——なんて言うと、

「生意気お言いでない」って、また耳を引っぱられるかもしれないけれど、——ともかくも、その隼お秀なるところのあたしの姉さんは、掏摸《すり》の大将だけれど、非常に美人《シャン》で、そうしてあたしにはたいへん親切なのよ。

そうして、

「千《ち》いちゃんだけは、どうかあたしみたいにならないで、真人間になってちょうだいね」

って、おんなじホテルの中だけれど、姉さんの部屋とは三間ばかり放れた所に、あたしの部屋を借りて、女学校に入れてくだすったのよ。そうしてお友達として、ピンとジャッキーをくだすったのよ。——いいえ、西洋人じゃないわ。ピンていうのは、フォックステリア種のちびっちょの犬で、ジャッキーはメキシコインコよ。どっちも本当に可愛いわ。

でもはじめ、ピンを部屋の中で飼うことにした時には、ずいぶん反対があったのよ。ホテルの支配人やボーイさんは言うまでもなく、姉さんまで反対するんですもの。困っちゃったわ。だけどあたし、

「どろぼうの用心が悪いから」って、どうしても諾《き》かなかったの。

——だアれ？　笑ってるのは？　何がおかしいのよ？　あなた本当に馬鹿よ。——

それでね、とうとうみんなの方が降参したわ。年はいかなくっても、あたしこれでなかなか強いでしょう？——何でもね、やろうと思ったら、頑張らなくっちゃ駄目よ。外務省の役人なんて、ほんとに意気地《いくじ》なしだわ。いつもいつも、イギリスやアメリカのお尻にばかりくっついて。じれったいったらありゃアしない。あたしが外務大臣になってやろうか

しら？

あら、また脱線ね。困っちゃうわ。どこまでお話ししたんでしたっけ？——そうそう。あたしの方が勝って、ピンを部屋の中で飼うことにしたところまでね。

だけどね。情けないことに、それには条件が付いてたの。——けっしてそこらじゅうにお尿《しっこ》をさせませんて、——言う。

——それにはあたし困ったわ。だって相手が犬でしょう？　しかもまだよたよたしてる赤ン坊でしょう？　まったく困っちゃったわ。

それでね、いっそ襁褓《おしめ》でもしてやろうかしら、——なんて考えてたのよ。と、コツコツ、コツコツ、——って戸《ドア》を叩く音がするの。

「だアれ？」

「僕ですよオ」

そんな間抜けな返事をするのは、サボちゃんより他にはないわ。

サボちゃんていうのはね、あたしの隣の部屋にいる人で、本名は片山佐保璃《かたやまさほる》っていう、どこかの学校で芝居の講義をしている先生なの。あたしと一緒にホテルのコートでテニスをするか、散歩する時の他は、まだ三十くらいのくせに本ばかり読んでるのよ。だから姉さんは、「先生」って尊敬しているけれど、あたしはお友達だから、「サボちゃん」て呼ぶことにしているの。そしてこの時も、

「サボちゃんなら入ってもいいわ」って言ったの。

すると果たして、ジグス〔ジョージ・マクナマス原作のアメリカ漫画『親父教育』（一九一三）のキャラクター〕そっくりの格好をしたサボちゃんが、いつもの様ににこにこしながら入ってきたわ。

「今晩は。――おや？　小兎《こうさぎ》がいやにむずかしい顔をしてるじゃないか。さてはまた、姉さんに耳を引っぱられたな？」

言い忘れたけれど、あたしは小兎って綽名《あだな》なの。

「そうじゃないわよ」あたしは足元の蜜《み》柑箱《かんばこ》の中を指さしながら言ったの。

「このピンね、……」

「うんうん」

「あたしの部屋で飼うことになったの」

「ああ、それが嫌で、ふさいでるんだね？――誰が何てったって、かまうものか。千《ち》いちゃんが嫌なら、よせばいいさ。どれ、僕が摘まみだしてやろう」

サボちゃんはそ言って、蜜柑箱の方に手を伸ばすの。

「駄目よ、いじめちゃ」あたしその手を押さえて、夢中で怒鳴ったわ。

「あたしも部屋の中で飼いたいんだわ」

「そんなら悲観することはないじゃないか？」

「でもね、その代わり、けっしてピンに、そこらじゅうにおしっこをさせません、――て規則なの、それで困ってるんだわ」

「便所《はばかり》へ連れてったらいいだろ」

「だって途中で漏らすわよ。まだ赤ちゃんなんですもの。それにあたしが、学校へ行った留守の間が困るわ」

「なるほどね」

「だから今、襁褓《おしめ》を当ててやろうかと考えてたの」

「そりゃ賛成だね。是非あててやるがいい。そして緋《ひ》縮緬《ちりめん》が、綺麗でいいよ」

「じゃ、そうするわ。——だけど西洋洗濯で洗ってくれるかしら？」

「千いちゃんの半襟だって言って出したらいいだろ。きっと喜んで洗ってくれるよ」

「なんだか変ね」

「変なこたアないさ。洗濯屋がこのお嬢さんはよく涎《よだれ》を垂らすんだって……」

「いやアだ。あたしをからかってるね」

「そ、そんなことは……」

「知ってるわよ」あたしはたいへん腹を立てたの。「もうサボちゃんは遊ばない」

「困ったなア」サボちゃんはつまんないような顔をして立ちあがった。そして「ご機嫌が直ったら、また遊ぼうね」って言って、出ていったの。

なんだかちっとかわいそうだったけれど、癖になるから止めてやらなかったわ。そしてピンと一緒に遊んでると、またコツコツコツコツって音がするの。

「だアれ？」

「まだ怒ってるかい？」

「もう怒ってなんかいないわ」あたしなんだか嬉しくなって言ったの。

「おはいんなさいな」

そうするとサボちゃんも、大きな声で、

「それで助かった」って言いながら入ってきたわ。そして持ってきた古い洗面器と、ブリキの大きな管《つつ》を下におろして、

「これを上げよう」って言うの。

「なアに、それは?」って聞くと、

「砂を入れた洗面器と、ストーブの煙突さ」ってすましてるの。そして洗面器の中に、三尺くらいな煙突のこわれをおっ立ててえばってるの。

「やなサボちゃんねえ。変な物を持ってきて」

「変じゃないよ、ピンの便所だよ。千《ち》いちゃんは、犬が電信柱に向かって、片足まくっておしっこをしてるのを見たことがあるだろ?」

「いやアだ。片足まくるなんて」

「嫌なこたアないよ。それでね、ピンは小さいから、電信柱でなくったって、この煙突で沢山だ。だからね、ピンが欠伸《あくび》をするとか、身震いをするとか、ともかくおしっこの出そうな顔をしたら、この煙突の所へ引っぱってく癖をつけるといいよ」

サボちゃんはそ言って、さっさと自分の部屋へ帰っちまったの。大人のくせになんて馬鹿なんでしょう?

あたしもその時はそう思ったの。だけどせっかくだから実行してみたわ。ところが、案外成績がいいの。お仕舞いにはあたしが、

「シーッ」て号令をかけると、ひとりでピョンピョン煙突の所へ飛んでくようになったわ。

皆さんもどっかから犬っころを貰ったら、ぜひ実行してご覧なさいな。耳やしりっぽを引っぱって、おしっこ棒のとこへ連れてくだけでも、そりゃア面白くってよ。

でもね、そんな騒ぎをしてピンを飼うようになってから、つまりあたしが女学校に入ってから、もう足かけ三年になるわ。三年になるけれど、ピンはやっぱりちびっちょなのよ。――あら餌が悪いんじゃないわよ。あたしと同じくらいごちそうを食べてるんだけれど、小ちゃいたちなんだわ。

だから、（学校へは連れてかないけれど）銀座や上野や浅草へお仕事に行く時には、大きなバスケットへ入れて、あたしと一緒に電車に乗っけて連れてくこともあるの。もっとも車掌さんにめっかって叱られたことが、はじめのうち三度あるわ。でもピンは利口だから、それからはおとなしくして、けっしてメッカらないわ。

時々、車掌さんにはめっからなくっても、他のお客様に分かることがあるの。そんな時には、その人がバスケットに気を取られるもんだから、かえってお仕事がしいいのよ。

お仕事？――やっぱり姉さんとおんなじ。掏摸《すり》なの。いくら姉さんが叱ったって、駄目

だわね。蛙の子は蛙、隼の妹は小兎《こうさぎ》、――って、昔から相場が決まってるんですもの。――なアんて言うと、たいそう運命を非観して、身投げでもしそうでしょう？　だけど本当は、ちっとも悲観なんかしてないのよ。悲観なんてことは、あたしの性に合わないんだわ。それにあたしは、掏摸《すり》としてたいへん有望なんですって。――いいことでも悪いことでも、褒められるのは嬉しいもんだわ。

皆さんも上手に掏摸をして、「うまいうまい」って褒められてごらんなさい。きっと嬉しくってよ。

こないだの日曜もね、花は咲くし、お天気はいいでしょ。あたしはお午《ひる》まえから、例のバスケットをぶら下げて上野へ行ったわ。そして省線の改札口から、大汗になってバスケットを持ちだすと、すぐ隅の方へ行って、ピンを出してやったの。それから空っぽになったバスケットは、いつもの携帯品預かり所に持ってく。と、ピンは待ちかねて、ぴょんぴょん先へ駆けてくの。

あたしがその後を追っかけてね、公園に上がってくと、

うわアアい。

素敵だアい。

って飛びあがりたいくらい、たアんと花が咲いてるの。――木の下にはあっちこっちに赤い毛氈《もうせん》を敷いた腰掛けが出ている。ぞろぞろ人が行く。あたしとピンは嬉しがって、その間をぐるぐる跳ねて歩いたわ。

ところが、あんまり嬉しがったもんだから、とうとうピンは、他所《よそ》の人にけつまずいて、——けつまずくってのもおかしいけれど、つまりぶつかって、その人に蹴飛ばされて、

キャン、キャン、キャン

て逃げてくる騒ぎなの。——だけど、いくらこっちからけつまずいたっても、蹴飛ばすのはひどいでしょ？

あたしは、

「どこを蹴られて？——いやな人ねえ」って、そっちを瞰《にら》んだわ。と、どこの華族様だかお金持ちだか知らないけれど、とっても立派な洋服を着た紳士なの。細身の、握りが象牙のステッキ。それを持つしなやかな手には、宝石《いし》をはめた指輪が、キラキラ光ってるの。ゆったりとして、そのくせやに気取って、すまし返ってゆくの。

憎らしいから悪戯《いたずら》をしてやるつもりで、その方に急ぐと、ちょうど幸いに、向こうから芸者や雛妓《おしやく》が五人、わっわっ言いながら来たわ。あたしは両方がすれ違うときをねらって、紳士に小当たりに当たってみると、果たして中身がいっぱいの蟇口《がまぐち》が、しかもお尻のポケットに入ってるらしいけれど、——いけない。

この紳士は、自分を忘れて女に見惚《みと》れるような性質《たち》でないの。いやに気取ってるだけあって、からだの隅々まで神経を行きわたらして、ちょっと触ってもピリッと感じるの。

——とてもあたしの手には、こなせそうもないんだわ。

紳士は相変わらず、ゆらりゆらりと行く。

と、別れ路。紳士はちょっと立ちどまる。

どっちへ行こうかと考えてるらしいのよ。だけどやっぱり寸分の隙もないの。

「チェーッ——だ」あたし思わず舌打ちをしたわよ。

——途端に、ピンが駆けつけたの。

そして紳士のズボンめがけて、あらまア！　片足まくって……。

ピンはあたしの舌打ちを、「シーッ」と聞き違えたのね。

あたしは夢中になって飛んでったわ。

「ピン。何をするんです」あたしは叱りながら、ハンカチを取りだしたの。

「すみません」あたしはただ真っ赤になって、あやまったわ。

「まア、こんなに濡らして……」あたしはしゃがんで、ズボンを拭こうとしたの。

と、気取り屋さんの身体《からだ》じゅうの神経がズボンの裾に集まってるの！

そうだ!!

あたしの片手は微妙に動いて、紳士のお尻のポケットから、ふくらんだ蟇口《がまぐち》を、とうとう引きだしました。

刑事ふんづかまる

雷門で電車から吐きだされた。病気のために、まる一週間外出しなかった間に、世間はすっかり夏らしくなっていた。正午の日光は、病後のあたしには、なんだか強すぎるようにも思われた。

それでもあたしは、踊りだしたいほど嬉しかった。遠い旅から、故郷《ふるさと》へ帰ったような気持ちだった。

仲見世《なかみせ》を通って観音堂まで、ネルとセルと日傘の流れが続いていた。その流れは、初夏の日光に、パッと明るく映えて見えた。

いつの間にかあたしは、その流れに交じって、お堂の方に向かって緩やかに押し流されていた。平常《ふだん》はついぞ振り向いたこともない両側の店々を、あたしは懐かしく見回しながら、大増《だいます》の前まで来た。と、突然、

「やア、隼じゃないか」という無作法な声に呼び覚まされた。見ると豚刑事の高山さんが、にやにやしながら立っている。

「嫌アね。みんながジロジロ見るじゃないの」

「それでいいのさ。懐中物を用心させるのが、俺たちの役目なんだ」

「おや。変なこと言うのね」

「そう怒るな。ますますスリらしく見えるぜ」

「へえ！　そうですかね。あたしはまた、土左衛門《どざえもん》のお仁王様がやってきたのかと思ったわ」

「相変わらずの口だ。時にこれから、どっちの方面へ稼ぎにゆくんだい？」

「失礼ね。観音様へお参りに来たんだわ」

「賽銭《さいせん》泥棒にかい？」

あたしはもう相手にならないで、ぐんぐん人を押し分けて進んだ。と、やっぱり後からついてくる。執念深いったのありゃアしない。あたしは急に振り返った。

「高山さん、どこへ行くの？」

「その、……俺もお参りだ」

「よした方がよくってよ、――鬼の念仏なんて」

あたしはまたぐんぐん歩いた。そして皆の後ろから、手を合わした。

「おい。何て拝んだんだ？」

高山さんは、あたしが顔をあげると、またべチャべチャ喋りだした。

「どうか捕まらないように――ってかい？」

「高山さん」あたしはむっとして、開き直った。

「さっきからおとなしくしてりゃ、妙なことばかり言うのね。あたしがどうして（捕まらないように）なんて拝むの？」

「そうしらばっくれるな。貴様が隼組の大姐御《おおあねご》だってこたア、警察じゃ百も承知なんだ。

――だが気をつけるがいいぜ。今度のスリ狩りやア、今までンとはわけが違うから。

――貴様の子分にも、二三人挙げられた奴がいるだろう？　その他にも浅草荒らしのスリは、毎日ぞろぞろ数珠《じゅず》つなぎだ」

「そうだってね。でも捕まえたなア、高山さんじゃないでしょ？」

「フン――」見得坊《みえぼう》で嫉妬家《やきもちや》のくせに、高山さんは案外冷然として、

「そんなこたアどうでもいいさ。浅草に顔を知られてない凄腕の刑事を、うんと仕入れてきたんだ」

＊　＊　＊

高山さんの言うのはほんとかもしれなかった。

三日前、あたしの病気見舞いにきた由公《よしこう》も、

「姐《ねえ》さん、スリ狩りが始まったぜ。いつもと違って、とてもスゲエんだ。みんな、取りつけにあった銀行みてえに泡を食ってらア」なんて言っていた。それでも仕舞いには、

「だがこの由公様にゃア、指一本差させねえや。ほら！」って、ポケットから手の切れそうな五円札をつかみだして、「昨日《きのう》帝国館で失敬したんだ。見舞いのしるしに置いてかア」なんて得意になって帰ってった。

ところがその夜おそく、兼吉《かねきち》が顔色を変えてやってきた。

「姐さん。とうとう由公が挙げられちゃった」

「えっ⁉」あたしは自分の耳を疑った。

「由公は今日午頃《ひる》、ここへ来たんだよ」

「じゃ、それから浅草へ行って、やられたんだ。なんでも今度は、現行犯でなくっても挙げるらしいぜ。それでいてすぐ帰《けえ》されねえとこを見ると、証拠だけは握ってるんだろうと思うんだ」

兼吉もお見舞いだと言って、五円紙幣を置いていった。今日《きょう》仲見世で稼いだんだと、得意になっていた。そしてその次の日にアサクサ・バーで挙げられた。

それは実際恐慌時代だった。スリ仲間の噂によると、警察のブラック・リストに載ってるほどの者は、少なくともお互いに顔を見知ってるほどの者は、十中八九やられたということだった。

＊　＊　＊

「ウフフフ――」高山さんは懐手《ふところで》をして丸くなった肩を、得意そうにゆすぶった。

「驚いたか！　刑事の仕入れだぜ。もちろん俺の建策さ」

「へえ。――そんな無格好な大男にでも、ちったア知恵が回ることがあるの？」

「馬鹿にするな」高山さんはカッとなったが、感心にその癇癪《かんしゃく》を押さえつけて、

「せいぜい憎まれ口をたたいとくさ。今に吠え面をかかしてやるからな」

「ええ楽しみにして待ってるわ」

「何だと？」

「あたしを捕まえたら署長ぐらいにはなれてよ。せいぜい馬力をかけるといいわ」

あたしはすたすた歩きだした。

「おい、どこへ行くんだ？」高山さんはのこのこついてきた。

「ちょっ。どこへ行こうと勝手じゃないか」

あたしは振り向きもしないで、人ごみの方へ人ごみの方へと進んでいった。あたしはとうとう電気館に飛びこんだ。そこは案の定満員だった。あたしは土間の後ろに立って、入口の方を透かした。しかし高山さんは、予期したように入ってはこなかった。ちょっと張り合い抜けがしたが、そのまま眼をスクリーンに移した。――

森静子の扮した娘が、若い武士の膝に取りすがっていた。

若い武士は、片手を娘の肩に置いていた。若き武士は阪妻《ばんつま》だった。

二人は顔を見合わした。娘は別れとうなげに首を振った。若き武士も悲しげに眼をしばたたいた。

若き武士はふとある物音を聞きつけた。きっとなって傍らの刀に手をかけると、すっくと立ちあがった。――

あたしはそれに誘われたような気持ちで、後ろを振り返った。と、いつの間にか一間《けん》と離れない所に高山さんが立っている。が高山さんは、すっかりスクリーンの方に引っつけられていた。

　あたしはこっそり、ではあるが敏速に人を掻き分けて、高山さんの後ろに立った。高山さんの方でも、いつの間にかあたしがいなくなったのに気づいて、しきりにキョロキョロしていた。

「誰を探しているの?」あたしはその耳にささやいた。その時は既に、あたしの可愛い手は、高山さんの懐から忍び出た後だった。

「何っ?」と高山さんは頓馬《とんま》な声を出した。

「シッ」あたし達の周囲《まわり》から、二三人の制止声がかかった。

　高山さんはむっとしたらしかったが、それを爆発させることもできず、再び写真の方を見入った。——

　阪妻《ばんつま》の扮した若い武士は、いつか十手《じって》を振りかざした多くの捕吏《とりて》に追われていた。乱闘また乱闘、殺陣《さつじん》また殺陣。

　若き武士の眉根《まゆね》が、神経的にピリピリ震えた。眼から、殺気がほとばしった。大上段に振りかぶっていた刀が、サッと切り下ろされた。捕吏《とりて》の一人が、仰向けに反って、バッタリ倒れた。

　その時、返す刀は既に二人の捕吏《とりて》を斬《き》っていた。と、若き武士の左手、柄《つか》を放れた。右片手で横に払った。太刀尖《たちさき》は第四の捕吏《とりて》の肩に切りこんだ。——

阪妻《ばんつま》の腕は冴《さ》えていた。高山さんが夢中で見ているのも無理はなかった。しかしその間に、あたしの可愛い手も、一瞬の休みもなく活動していた。

最初はポケットの中を、五本の指が泳ぎ回った。それから再度、高山さんの懐に忍びこんだ。さらに忍び出た。そうしてあたし自身も写真館を忍び出た。

「ちょいと、高山さん」あたしは、懲りもしないでまたついてきた高山さんをふり返った。

「あなた、女の後ばかり追って、ちっと変態ね」

「あとをつけちゃ迷惑かい？」

「決まってるわよ。そんなみっともないい、い、い、い、い豚を連れて歩くなんて、お秀ちゃんの沽券《こけん》にかかわるわ」

「そうならそうと、……ねえ、……隼お秀ともあろう者が野暮だなア」

「まア呆れた。買収しろって言うの？」

「おいおい、そう大きな声を出すな」高山さんはしきりに他人《ひと》に聞かれるのを気にしながら、

「どうだ、――カフェー・アジアをおごらないか」

「まア！」あたしは驚いて高山さんの眼を見つめた。まったく破天荒なことだった。高山さんは意地悪で、見得坊で、嫉妬家《やきもちや》には相違なかったが、職務には模範的に忠実だった。それが、それが、……

「まア！　高山さんも話せるようになったわね」あたしは面白がって先に立った。

あたしたち二人はピアノラの音《ね》に迎えられ送られて、カフェー・アジアの奥まったテーブルに、向かい合って座を占めた。狭いけれども冷や冷やと水をうった庭の植込から、涼気が湧き起こった。病後の上に電気館でさんざ気をつかったので、あたしはすっかり疲れていた。がっくりして、椅子の背にもたれた。

が、いつまでもそうしていることはできなかった。知り合いの女給さんが、すぐに誂《あつら》えを聞きにきた。あたし達はめいめい勝手な物を注文した。そしてその間に、あたしは女給さんの袂《たもと》に由公と兼吉が持ってきた、新しい五円紙幣を四枚と、他に皺になったのを一枚辷《すべ》りこました。

しばらくして、あたしはポケットに手を入れると、顔色を変えてそわそわしはじめた。

「隼。どうしたんだ？」生ビールの滴《しずく》を口からたらしながら高山さんが聞いた。

「蟇口《がまぐち》がなくなったの。きっとスラれたんだわ」

「何だって？」

「蟇口をス、ラ、レ、タ、のよオ！　一分間だってあたしのそばを離れなかったくせに、——いったい高山さんの眼はどこについてるの？　それで刑事なの？」

「おいおい、冗談言っちゃ困るよ。スリの物をスル……」

「だって現になくなったじゃないの。——そら、これだけ。——」

あたしはポケットの中に入ってた銭《かね》を、すっかりテーブルの上につかみだした。それは銀貨と銅貨を取りまぜて三十六銭しかなかった。

「嘘だと思うなら、さア——調べてちょうだい」

「へえ！　妙なことがあるもんだなア」高山さんはビールのコップを口に持ってゆきながら、にやにやした。

「何も妙なことはないわよ。だから今日のところは、高山さん立て替えといてちょうだい。明日はきっと返すわ。ね。あたし今まで約束を違えたことはないでしょ？　家《うち》へ帰れば手の切れそうな五円札がまだ五六枚あるんだから」

「よし」高山さんは眼を輝かした。

「明日は必ず返すんだぞ」

そうして、テーブルの上の残骸を目算しながら、高山さんは声を落とした。

「五円あったら足りるだろうな？」

「ええ、沢山だわ」

あたし達はカウンターの前に立った。

高山さんは手垢で黒光りのする蟇口《がまぐち》を開けて、皺になった五円紙幣を摘まみだした。

会計係がそれを受け取ると、その後ろにいた目つきのよくない男が、何気ないふりをして覗きこんだ。と、やにわに高山さんの腕をぐっと掴んだ。

「署まで来い」

「失敬な!!　俺は——」高山さんはカンカンになって咽喉《のど》をつまらした。

「文句は署で言え」

「馬鹿な。俺は刑事だ。象潟署《きさかたしょ》の高山だ！」高山さんは巡査手帳を取りだした。

目つきの良くない男は、手帳と高山さんを見比べて怪訝《けげん》な顔をした。

「あなたが高山さんでしたか。ですがおかしいですなア――この五円札は、例の偽造ですぜ」

「そんなはずはない」高山さんは会計係から自分の渡した紙幣を受けとった。が、それと同時に、「あっ！　偽造だ！」と叫んだ。

「そうでしょう」目つきの良くない男も、も一度それを覗《のぞ》きこんだ。

高山さんはだしぬけにあたしの手首をつかんだ。

「おい。貴様スリ換えたな？」

「チェッ」あたしは高山さんの手を振り払った。

「およしよ、馬鹿馬鹿しい。大の男が二人もよって、なんてうろたえ方なの？　あたしがいつスリ換えて？　どんな証拠があって？――あのね、――近ごろね、――警視庁発行の偽札で懐やお尻のポケットをふくらましたまぬけ面《づら》が、（スリ招待）と札《ふだ》をかけないばかりのだらしのないなりをして、浅草一面歩き回ってるんだってさ。

その札をスッて、うっかり遣いでもしようもんなら、それを証拠にふんづかまえようって計略だってね。――どうせ現行犯をつかまえる腕のない大男の発明だろうけれど、天に吐いた唾は自分の顔にひっかかるもんだってね。どうかしたはずみに、その偽札が高山さんの蟇口の中に入ったのよ。どうもお気の毒様ね」

あたしは呆気にとられている二人の刑事を残して、明るいネルとセルと日傘の初夏の町へ飛びだした。

隼の藪入り

偽札《にせさつ》一件で高山刑事を出しぬいてからってもの、刑事の属してる浅草の象潟《きさかた》警察署が、やにあたしたち隼組を目の仇にする。別に後ろを見せる了見でもなかったけれど、ちょっと息抜きに、大阪までやってきた。

さて、そこで、

* * *

一月《ひとつき》遅れてのお盆、十六日の午前十時半、大阪市内電車の一六〇号は、ガタンガタンとやけな音を立てて、長堀橋を渡った。車内は超特作満員で、大殺陣《おおだて》大乱闘必死的にむせ返っていた。たまに窓から忍びこむ風も、地獄の釜から吹きだした湯気みたいに生暑かった。

だから大商店の旦那然とした親爺は桃色の絹ハンカチで、額から咽喉仏《のどぼとけ》にかけてべろんこをして、「暑いなあ」といった。そのハンカチは、いうまでもなく惚れた芸者のを、ひそかに袂《たもと》に忍ばしてきたものである。だによって、咽喉仏からそのまま胸にしまいこんで、にやりとしてお供の小僧を振り返った。

「吉。そやったら、わしはここで降りるよってに、今夜店にいんで、よけいなことしゃべったらあかんで。明石屋の旦那に商売用があるさかい、わしは今夜店に帰られんやろうて、いうといてや。ええか！」

親爺は紙入れから札を出して、小僧に握らした。

それから降りようとして、同じ電車に乗っていたあたしの前まで来た。懐中からだらしなく紙入れが覗《のぞ》いてる。

「三休橋。三休橋お降りの方は……」

車掌が汗と一緒に声を振り絞った。親爺の紙入れは、あたしのポケットに辷《すべ》りこんだ。

次の心斎橋では、乗客の三分の一ばかりが降りた。あたしも小僧に続いて降りた。そして御大家《ごたいけ》のいとさんのように、おっとりと橋を見渡した。

気がつくと、いつの間にかさいぜんの小僧は、数間《すうけん》先を歩いていた。ハンティングの青年が三人、急ぎ足にそれに続いた。あたしも急いでその後を追った。

小僧の心はもう千日前に飛んでいってるらしい。まっすぐに心斎橋筋の人込みを縫う足が、地に着いていない。が、三人の青年たちはもっと早い。小僧に並んだ。

一人の手が小僧の袂に触れた。

他の一人がつとかがんで、何やら拾った。何くわぬ顔で、後を振り向いた。

——と、眼の前にあたしがいる。

青年はキョトンと棒立ちになった。

無論あたしはそっぽを向いて歩いてた。つい粗相——というこなしで、とんとぶつかった。

「ごめんくださいまし」あたしはしおらしく顔を赤らめた。

対手《あいて》はにきびの勢力範囲。へどもどして駆けだしたが、小僧から二間ばかり前を行く二人の友達に追いついた。と、三人一時に後を振り返る。

しかしすでにあたしは、とあるショーウィンドーの前の人だかりに紛れて、それを窺《うかが》っていた。ポケットの中では、主人の紙入れと小僧の蟇口《がまぐち》が、握手でもしているらしい。


三十分後。

あたしは小僧の後をつけて、楽天地の前に立った。

しばらくためらっていた小僧は、思いきって袂《たもと》に手を入れたが、今度はあわてても一つの袂を探った。無論その袂にも蟇口はなかった。それから七面鳥が夕立を食ったような騒ぎの揚句、小僧は半べそで袂を見つめだした。

あたしははじめてそばによって、親切に尋ねた。

「アラ。さっき電車で一緒になった小僧さんね。どうしたの?」

「へえ」

この出し抜けの同情者を、小僧は呆れて見あげた。

「掏摸《すり》に取られましてん」

安全剃刀の刃でも使ったか、——なるほど、袂は見事に切り裂かれている。一人が切り落として、仲間が拾う仕組みと見える。

「そりゃ困ったわね。いくら取られたの？」

「二円と六十三銭ありましてん」小僧は即座に答えた。

「そう」あたしは思わず微笑した。

「じゃあたしが、それだけ驕ってあげるわ。……いいのよ。かまわないわ。ね」

小僧の辞退を聞き流して、あたしは切符を二枚買った。


中に入ると、食堂でアイスクリームを小僧にあてがっておいて、あたしはすぐに手を洗いにいった。そうして中身の二円六十三銭だけ抜いて、危険きわまる小僧の蟇口を捨てた。旦那の紙入れの方は、何かのためにもと内嚢《ないのう》にしまった。

食堂に引っ返すと、小僧は額の汗を拭きもしないで、皿を抱えこむようにしてアイスクリームをなめていた。

「えらいごちそうさまでございまして。アイスクリームはおいしいもんでおますなア」

小僧は匙《さじ》を斜に構えて、天下泰平である。

せいぜい飲ましたり食べさしたりして、あたしは小僧を連れて食堂を出た。それからあたし達は、一つひとつ見て歩いた。小僧は、次から次と提供される愚にもつかない見世物を実に熱心に見物した。あたしはあたしで、観衆の方を今までにかつてなかったほど細かく観察した。というよりは、小僧のおつきあいに観察させられた。

しかし（これは）と思うようなポケットや袂《たもと》には、一つも出会わなかった。そして活動写真の小屋に入った時には、もうすっかりうだってしまって、ほんの惰勢で隣の男に一瞥を投げた。

あたしははっとした。ずっしり重い懐中だ。四十がらみのでっぷり太った、職人でもなく、商人とも受けとれぬ。請負師か遊び人か。ほろ酔いの眼を据えて、

「そこだっ！　殺《や》ったア！」とスクリーンに向かって声援した。

途端に、男の大きな蟇口《がまぐち》の紐に、あたしのしなやかな指がからんで、するりと懐中を抜けだしたが、

男はよろり――。

危険！――とっさの間に、あたしは蟇口を小僧の袂に辷《すべ》りこました。いい具合に男は気づかなかったが、その代わり、蟇口の重みに小僧が不審そうに袂に手を入れようとした。あたしは小僧の耳に口を寄せた。

「あたしが入れたの。預かっといてね。それから写真が終わったら、さっきの食堂へ来てちょうだい。待ってますから」

あたしは小僧のうなずくのを見てそこを出た。

お客が入れ代わり立ち代わりする食堂の中にあたしはいらいらしながら、いつまでも待っていた。二杯目のプレーンソーダは、半分ばかり残って、ソーダの気はもはやすっかり

抜けだしてしまったように思われた。しかし小僧はまだ帰ってこなかった。

しびれを切らしてしまったあたしは、再び活動写真の小屋に入っていった。

と、小僧はそこにいない。

あたしは広い楽天地じゅうをさがし回った。しかし見つけることはできなかった。あたしは呆然《ぼうぜん》と出口に佇《たたず》んだ。

まア、まア、まア！——隼お秀ともあろう者が、はるばる大阪まで下ってきて、十五に足らない小僧にしてやられたんだわ。

あーあ、やンなっちまう。


魂抜けてとぼとぼと。

あたしは東区道修町《どうしゅう》四丁目五十八番地の老舗、紙問屋蜆川治兵衛氏の店まで辿《たど》りついた。間口十間、旧式に戸を下ろして、中はひっそりとしている。あたしは小さいくぐりを開けて、案内を乞うた。

「吉はまだ帰りませんでしょうか？」

「吉どんでおますか？——まだ帰ってこいしまへんけど」

ばアやらしい女は不思議そうにあたしを見つめていたが、

「あんさん、どなたはんでおます？」

「まア、私うっかりしておりまして……。東京に行っております吉の姉でございますの」

「さよでおますか。もうじっきに帰ってきまっしゃろけど、……何ぞご用でもおましたら、お入りやして、まア一服しとうおくれやす」

あたしはご好意に甘えて、一間で待つことにした。

待った。

待った。

長い間待った。——とうとう吉どんが帰ったらしい。

「吉どん、お客様や」

「えろう別嬪《べっぴん》はんやね」

などという朋輩の声に送られて、吉どんが入ってきた。

あたしを見た。と、化石してしまった。

「まア、よく帰ってきたねえ」

あたしはいそいそと立ちあがった。

「預けといた物は？」

あたしは吉どんの袂《たもと》から大きな蟇口《がまぐち》を引きだした。

「やっぱり持ってきたね。どうもご苦労様。——それからあの、これはね。お前から旦那様に差しあげておくれな」あたしは用意の菓子折を出した。

「へい」吉どんはパチパチ瞬きをした。

それから、皆に挨拶もそこそこ。驚愕《きょうがく》と嘆称《たんしょう》の視線を背中に浴びながら、あたしは夜の町に飛びだした。そして、折から通りかかった円タクを呼びとめた。

なアに?

(小僧は本当の弟か) だって?

まさか!

菓子折の中には、三休橋で掏《す》った蜆川治兵衛氏の紙入れが入ってるの。むろん中身は頂戴したわ。でも名刺だけはそのままにしといたのよ。

隼の解決

一

　このごろ毎日のように、この海浜ホテルの食堂で会う五十ばかりの紳士があった。あたしはいつの間にかその紳士とお友達になった。紳士はとても太っていた。丸まっちい手で、ガチャガチャ、ナイフとフォークを操った。ソーダ水をがぶりと飲んだ。鼻と口を、いっしょくたにハンカチで拭いた。——それでいて、品が良くて、愛嬌があった。無論、背は高い方ではなかった。

　その日も、夕食を認《したた》めにあたしが食堂に入ってゆくと、紳士はいつもの隅のテーブルによりながら、ぼんやりそばの壁を眺めていた。

「何に見惚《みと》れてらっしゃいますの?」紳士は振り返った。

「アハハハ。蠅を見ていました」澄んだ眼が小児《こども》のように笑った。

「まア——」釣りこまれてあたしも笑いながら、紳士の向かいに腰を下ろした。

　ボーイが急ぎ足に来た。

「警視庁からお電話でございます」

「警視庁から?　……有り難う」

　紳士はそそくさと立っていったけれども、あたしは甚だ穏やかでなかった。料理の注文はそっちのけで、ボーイに、紳士の素性を聞いてみた。

「T大学の桜井博士でいらっしゃいます」

あの有名な理学博士の桜井矢一氏、――道理こそ、飄逸《ひょういつ》な紳士だと思った。が、それにしても、警視庁に何の用事があるんだろう？　また何だって、こんなホテルなんかに泊まっているんだろう？……

と、そこへ、もう博士の童顔が近づいてきた。交替に、ボーイが注文を聞いて去った。

「やア、失礼。警察なんてどうもうるさいものですね」

「どうしてまた先生が、警察なんかにご用がおありになりますの？」得たりと、あたしは探りを入れた。

「私が？」

「ええ。桜井博士でいらっしゃいましょう？」

「え！」博士の顔に含羞《はにかみ》が浮かんだ。

「どうしてそれが……」

「ハハハハ――」あたしは男のように笑った。

「名探偵でございましょう？」

「貴方《あなた》も探偵なんですか？」含羞《はにかみ》が迷惑の表情に変わった。

「アラ、冗談でございますわ。先程ボーイさんから伺いましたの」

「それで安心しました。必要なものかもしれませんが、私は警察や探偵はもうこりごりですよ」

「なぜでございますの?」

「実は二十日ばかり前、学校の、私の研究室からプラチナがなくなりましてね。……」

博士の言葉は、そのとき近づいたボーイによって中断された。

まだ時刻が早いせいか、テーブルが三十もあるこの食堂に、あたし達を除いては、お客といっては二組きり。それもあたし達からは、かなり離れていた。博士の後ろでは、扇風機が鈍い音を立てている。

ボーイが、慎み深く空の銀盆を持って去ると、博士は再び口を開いた。

「プラチナの紛失を最初に発見したのは、助手の李でした。そのころ学校はもう暑中休暇になっていましたが、私は李のほかに、もう一人の永見《ながみ》という助手を使って、休暇前からとりかかった研究を続けていました。プラチナはその実験に用いるものでした。迂闊《うかつ》な私は、他の実験の材料と一緒に、研究室の戸棚にそのプラチナをしまっておきました。もっとも、永見が前に一度注意してくれたことはあったのですが、あの化学科の建物に休暇中入る物好きは、小使をのぞいたら、まあ私ども三人くらいなものでしょう。それに研究室のドアの鍵は、私ども三人がめいめいに一個ずつ持っているだけです。机の引き出しや戸棚の合鍵は、私のほかに持っている者はありません。

プラチナの紛失が発見された日の朝は、私は学校の門の所で、後ろから追いついた二人の助手と一緒になりました。研究室のドアは私が自分で開けて最初に入りました。ところで最後に入った李が、一歩研究室に踏み入れたと思うと、（あっ！　プラチナが……）と叫んで、戸棚の前に駆けよりました。

　ギクンとして振り返った私の眼に、戸棚のガラスに開いた大きな穴が写りました。あわてて戸を開けると、果たしてプラチナが紛失しています。ガラスの破片《かけら》が下に落ち散っているばかりで、他には何の手掛かりも見出だせませんでした。もう実験などは思いもよりません。

　私はさっそく警察に届けようとしましたが、永見に止められました。永見の言うところによると、落ち度は私にもあると言うのです。なるほど学校の大金を、ああ無雑作にしまっておいたのは、明らかに私の失策でした。そして永見は、犯人を捕える自信のあるらしい口ぶりです。

　いったい永見は、よく気のつく性質で、ことに近頃は、犯罪の捜索などということにたいへん興味を持っているらしく見受けられました。私は永見の言葉に従って、二人にプラチナの捜索を任せました。しかし永見の乗り気なのに反して、李はいかにも迷惑そうな様子でした。私は変な気がしました。

　幸い化学科の研究室なので、科学的捜索には事を欠きませんでした。永見が主になって、指紋を取ったり塵埃《ほこり》を集めたりして、珍しい場面が展開されました。私は十年ばかり前に読んだシャーロック・ホームズを、再度繙《ひもと》くような気持ちで眺めていました。

永見は才子です。学校を出て助手になってから四年、――むろん学者としても有望ですが、永見自身もうすうす気づいているように、こうした犯罪の捜索などということの方が、より多く適しているのではあるまいかと、私はその時ふと考えました。

二時間ばかりして、私たちは学校を出ました。同じ方角に帰る私と永見は、正門の前で李に別れました。そしてちょうどそこへ来た電車に乗りました。私はその電車の中で、永見から容易ならんことをささやかれました。――プラチナの盗賊は李らしいというのです。

その理由は、研究室に先に入った私や永見が、まだ何の気もつかなかったのに、一歩入るか入らない李が、いきなりプラチナの紛失を予言したことが第一。やぶれた硝子《ガラス》戸の下に、私の着ている麻や永見の着ているアルパカでなしに、李の着ているウーステッドの洋服の塵埃《ほこり》が落ちていたことが第二。捜索にあたって、李が不快そうな様子であったことが第三。そのほか指紋にも怪しいものがあるらしいというのです。

それについて、私は何の意見も述べませんでした。しかし李が犯人であるとは、どうしても信じられません。無実であるという反証を挙げることはできませんが、永見の挙げた証拠とて決定的なものではありません。それに私の知る限りでは、李は無口ではあるが、明るい性質です。

その無口も、もともと朝鮮人であるために、日本語がじゅうぶん話せないことに原因するのだろうと思います。学問にかけては稀に見る秀才で、今年学校を出ると早々、私から頼んで、研究室に留まってもらったわけなのです。

ところで私たちが、目的の停車場で降りようとして席を立った時、永見が労働者風の男に突き当たって、私たちはその男から、ひどくけんつくを食わされました。どうも近頃は労働者の鼻息が荒いですね。——いや、それで思い出しましたが、李は社会主義的思想を持っていると、永見が言ってましたっけ。

数日たっても、プラチナは出てきませんでした。私たちの間だけで事件を処理しようと思ったのが、私の過失《あやまり》でした。助手たちがいくら学問上の秀才でも、他の事にかけては、抜けているところがあるものと見えます。

私のことを言っても、自惚《うぬぼ》れているように思われては困りますが、教授とか何とか言われている私が、ご覧のとおりの迂闊者《うかつもの》です。娘の嫁入り仕度さえ、満足にととのえてやることができません。——イヤ、愚痴をこぼして失礼。娘がちょうど貴女《あなた》くらいの年頃なので、つい思い出しましてね。

さて、私もとうとうあきらめて、警察へ訴えました。——イヤ、届ける時機を失したといって、ひどく叱られましたよ。研究室の鍵を持っている私たち三人は、最も有力な嫌疑者として再三取り調べられましたが、むろん三人とも研究室の物を盗むはずもなく、結局は嫌疑は晴れました。しかし警察官がたびたび来るのを家内が嫌いますので、ご覧のとおり一時ホテル住まいをしております」

「まだ犯人の見当はつかないんでございましょうか?」あたしは博士の気を引き立てるように、強いて快活に言った。

「まだ分かっていないようです。しかし警察では、校内の様子に通じた不良少年か不良少女の仕業《しわざ》かもしれないとも言っていました」

オヤ？——あたしは博士の顔を見た。童顔は依然として明るい。

「ご研究の方は、やはりお続けになっていらっしゃいますの？」

「いやア、——事件以来中止しております」

「さっきも蠅を見物していらっしゃいましたわね」

「アハハハ——二三匹ずつ毎日ためてって、蠅取りデーに警察に売りこもうかと思いましてね」

「巡査《おまわり》さんが、これは蠅の乾物《ひもの》ですな——って、申すでございましょう」

「なるほど大きにそうですね」と、博士は四辺《あたり》を見回して、

「だいぶこんできましたね。そろそろお散歩にお出かけの時刻じゃアありませんか？」

「アラ、ご存じですの？」

「いつも私の部屋の下を通ってお出かけのようですから。私はいっこう品川という所を知りませんから、何でしたら今日は一つ、その辺までお供をさしてくださいませんか」

「アラわたくしの方こそ。では……」あたしは立ちあがって博士を見た。

二

昼間の暑さは、まだ少しも減じてはいなかった。電車から吐きだされた人間どもは、喘ぎながらぞろぞろ続いていった。それを縫いながら、あたしはぶらぶら歩いた。はじめは危ぶんだものの、さて、博士に他意はないらしかった。キョトキョトしながら、あたしのお尻からついてくる。

「いかが?」とあるショー・ウィンドーの前に立ちどまって、あたしは博士を振り返った。

「面白いですね」

おお、我が面白き博士よ。叔父さんよ。あたしに時間の制限はないのよ。お気に召すならどこまでも――。今度は、狭い横町に曲がった。道路《とおり》は撒き水《みず》に黒く濡れて、夕闇が濃くなったせいか、いくぶん涼しい。あたしの可愛い手を誘惑するような、ふくらんだポケットにも出会わない。

「ちょっと」あたしに声をかけて、博士が立ちどまった。博士は電気の暗い古道具屋の店を覗《のぞ》きこんでいる。

「何がございますの?」

「あれは朝鮮人の煙管《きせる》ですね?」――なるほど雁首《がんくび》の大きな、長い煙管が、矢だの払子《ほっす》だのと一緒に、古ぼけた唐金《からかね》らしい花活けに差してある。

「高い物でしょうか?」博士が言った。

「わたくし存じませんわ」

「聞いてみましょうか?」

「お買いになりますの?」

「安ければ買おうかと思うんです」

あたしはいきなり店に飛びこんだ。そうして出てきた時には、長いのを肩にかついでいた。——アラ、かっぱらったんじゃないわよ。買ったんだわ、たいまい五十銭で。だから威張って博士に差しだした。

「やア、お求めくだすったんですね。いくらでした?」

「いいんでございますよ。それで先生がお煙草《たばこ》を召しあがったら、きっとお似合いになりますわ」

「アハハハハ——。口が悪いですな」今度は博士が煙管《きせる》をかついだ。

間もなくあたし達はその横町を抜けて、道路の拡張で普請をしている所へ出た。所々に、カンテラがブスブスいぶっていた。白い短い上着の前をはだけた土工たちは、おし黙って鶴嘴《つるはし》を動かしていた。カンテラに照らしだされた土工たちの顔は、汗に汚れ、疲労にゆがめられていた。それでも土工たちは不足を言わない。言えば監督にひっぱたかれる。

監督は自膚《じはだ》に着たワイシャツのボタンをはずして、扇で風を入れながら、動く木像を見下ろしていた。木像は朝鮮人だった。だから鶴嘴を振りあげる者も、二人で土を運ぶ者も、あたし達に悪口《あっこう》を浴びせなかった。シャベルを握る者も、しゃくりあげた土を、あたし達の足にぶっかけようとはしなかった。

そのシャベルを持った一人が、ふと博士のかついだ煙管に眼を留めた。博士が凸凹《でこぼこ》の道を踏みながら行きすぎても、まだじっと見送っている。青年土工の手からシャベルが落ちた。土工はふらりと一歩ふみだした。途端に、

「よぼっ！」監督の声が強く響いた。

「どこへうせアがるんだ！」

「どこへも行かない」

「何だと？」監督の声はさらに険悪になった。

「行かないです」つまらなさそうに、青年土工はシャベルを拾いあげた。と、突然、監督の拳が土工の頰に飛んだ。

「行きましょう」博士は、いつまでも成り行きを見ているあたしに、低声《こごえ》にささやいた。

「も少し見ましょうよ」

「では私だけ行きましょう」

「すみませんわね。それでは、いずれ後ほど――」あたしは二三歩騒ぎの方へ引き返した。

もう五六人人だかりがしていた。監督の拳がまた二つ飛んだ。そばにいた土工が二三人、サッと殺気立つ。

「てめえ達、何をしやアがるんだ⁉」監督は睨《にら》み回した。土工たちはジリリとすさった。

「生意気だぞっ！」声とともに、青年土工はしたたか腰のあたりを蹴られた。人だかりはいつの間にかまた増えていた。

「朝鮮人なんかやっちまえ」と、誰やらあたしの後ろから押した。押されたあたしは、このとき再度土工を足蹴《あしげ》にして一歩すさった監督に、ぶつかった。

「アラごめん遊ばせ」あたしは顔を赤くして立ち去った。そして、角を曲がって手を開いた。手の中で監督の金時計がキラリと輝いた。

あたしは省線の停車場の方へ急いだ。

三

その夜も例によって、あたしは十二時過ぎに浅草から帰ってきた。ホテルはもうひっそりしていた。あたしは薄暗い廊下を通って、自分の部屋の前まで来た。と、部屋の中に誰やらひそんでいる気配がした。あたしはハンドルにかけようとした手をひっこめて、全神経を耳に集めた。

証拠になりそうな贓品《ぞうひん》でもないかぎり、あたしは部屋に鍵をかけないで、外出することにしていた。由公《よしこう》にしてもお君さんにしても、いつ何時《なんどき》急用ができて、尋ねてこないとも限らない。が、どうせあたしへの用事であってみれば、人にとりつぎを頼めない筋のものであることは決まっていた。だから訪問者らは、勝手に上がりこんで勝手に用をたしていった。

その連中にしては、部屋に明かりがついていないのがおかしかった。もっとも誰かが侵入していることが、確かに分かっていたわけではなかった。まア言ってみれば予感だった。虫の知らせだった。

が、それだけに気味が悪い。秀っぺもこうなるとだらしがない。

「だアれ？」――返事がない。

「誰なのよ？――出てこないのね」――コトリとも音はしない。

「いいわよ。みんなを呼んでやるから」

「待ってください。私です。悪い者でないです」

「だから誰なのさ？――出ておいで」

「私朝鮮人です。許してください」中の声が答えた。

「嫌アね。人の留守中に部屋に入ったりなんかして。入口にスイッチがあるから、電気をおつけ。――あたしの言うこと分かって？」

「よく分かったです。いま電気つけます」コトコト足音がして、戸の隙間からさっと明かりが漏れてきた。

「戸をお開け」あたしはポケットの中で、玩具《おもちゃ》のピストルを握りしめて言った。

朝鮮人と名乗る男はおずおず戸を開いて、後ずさりをした。泥だらけの朝鮮服を着ている。

「あら。お前夕方の土工さんじゃないの？」あたしは我知らず声を高くした。

「許してください。煙管《きせる》はお返ししますから、どうか誰も呼ばないでください」朝鮮人の土工は、べそをかきそうな顔をしながら煙管を差しだした。

「あら、その煙管は……？」

「そうです。私盗みました」

「この煙管がそんなに欲しいの？」

「ええ、欲しいです」

若い土工は、あたしに勧められて、遠慮深く椅子に腰を下ろした。そしてあたしの促すままに、ぼそぼそと物語りはじめた。――

「私の名は崔《さい》です。私の家は、大邱《たいきゅう》から十里ほど離れた山の奥にあります。貧しいです。そして弟がいます。十五です。お父さんとお母さんがいます。もう年寄りです。内地の人が山に木を植えろと教えました。米の作り方も上手に教えました。それでも私の家も、みんな隣の家も、やっぱり貧しいです。金持ちの人は、内地へ学問に行きます。私と同じ大きさの人も行きました。学問すると偉くなれます。先生にも巡査にもなれます。私は小学校で大変よくできました。私も内地へ行きたいです。それでも貧しくて駄目です。お父さんは裏の山を見て、いつも嘆息《ためいき》をつきます。山はだんだん青くなります。お父さんは年寄りです。私は偉くなりたいです。

去年秋内地の人が、労働者をこしらえに来ました。労働者になると金ができます。学問ができると言いました。内地の下関や東京へ行くのです。東京はいい所だと言いました。私は労働者になることにしました。労働者をこしらえに来た人と大邱へ出ると、他にも労働者になりに東京へ行く人が、四十人も五十人もいました。お父さんも大邱まで来ました。労働者になる人々が急に立つことになったので、お父さんは何もやる物がないので、私に煙管をくれました。

汽車にも汽船にも乗りました。みんなとお金持ちになる話をいろいろしました。けれどもやっぱり裏の山と私の家を思い出しました。

内地で労働者になって泊まった家は、みなみな私の家より立派でした。それでもいつも、低い藁屋根《わらやね》の私の家を思い出しました。労働者はつらいです。労働者をつくる人の言ったのは、みなみな嘘です。米を作るより、労働者はもっともっと苦しいです。夏でも真桑瓜《まくわうり》でなしに米を食べるけれど、学問はできないです。

朝から夜まで働きます。それでも貧しいです。皆は持っている物を売りました。私は売る物がないです。煙管はお父さんに貰ったんだから、売りませんでした。

その煙管が二三日前見えなくなりました。大勢一緒に小屋にいるから、誰がしたか分かりません。でも、郭《かく》が来てからじきなくなったから、郭が取ったのかも分からないです。郭は悪い者です。郭は自分で泥坊だと威張っている者です。

そのなくなった煙管を、今日晩貴女《あなた》と一緒にいた人が持ちました。私は夢中でそれを見ました。懐かしいです。欲しかったです。

そうすると監督の落合さんが、私をなぐりました。たくさん蹴りました。監督は悪い者です。郭よりも悪い者です。それから私は小屋を追いだされました。着物も友達から預かった物も、みんな監督が取りました。

私は行く所がありません。みんなはまだ仕事から帰っていませんでした。私は悲しく寂しくなって、当てもなく歩きました。貧しいお父さんは、きっと軒の下へ出て、寝ながら裏の山を眺めています。私はあの煙管《きせる》が欲しくて欲しくてたまらなくなりました。

私はいつの間にか、普請をしている通りへ出ていました。私は町を通る人や、いろいろの店で、煙管を持った人はどこへ行ったか聞きました。

とうとう私は、煙管を持った人がこのホテルにいることを、聞きだしました。私は用があるふりをして、番人に煙管を持っている人の部屋を聞きました。

それからさっき忍び込みました。その人は寝台の上で本を持ったまま、居眠りをしていました。私は煙管を盗んで帰りかけました。閉める時、戸の音がガタンと鳴りました。

私は驚いて逃げました。そうしてこの部屋が暗いので押してみると、戸が開きました。廊下のあっちこっちで人の騒ぐ声がします。私は寝台の下に隠れておりました。

騒ぎ声はいつの間にか止みました。それでも捕まりそうで、出ることができません。つかまれば牢屋に入れられます。お父さんはきっと、私が偉くなるのを待っています。他には何も取りません。どうか許してください。そして逃がしてください」

若い土工の崔《さい》は、とうとう泣きだした。

「アラ泣かなくったっていいのよ。いまにうまく逃がしてあげるから、落ちついて待っておいで」

「貴女《あなた》許しますか?」崔は不思議そうな顔をした。多少いじけてはいるが、正直な眼だ。その丸い眼が物を言う。

「貴女《あなた》はありがたいです。内地の人はみんな私をいじめます。貴女《あなた》は助けました」

「アハハハ――。お世辞がいいのね。これでも食べない?」

あたしは小机の上のチョコレートの箱を開いた。

崔はあきれて、チョコレートとあたしの顔を見比べている。

「お腹《なか》がすいてるだろ。遠慮なく食べるといいわ」あたしは一つ摘んで、銀紙をむいた。

四

あくる朝あたしが起きた時には、崔はまだ正体もなく床の上に眠っていた。あたしはそ、っとそのままにしておいて、食堂へ下りていった。

桜井博士はもう例の隅のテーブルに陣どって、新聞を読んでいたが、あたしが近づいてゆくと、ヒョイと丸い顔を上げて、

「やア――」と声をかけた。

「おはようございます。昨晩はどうも失礼いたしました」あたしはしとやかに言って、博士の向かいに座をしめた。

「夕べ泥坊が入りましてね、――貴女《あなた》はお留守のようでしたが」博士がとつぜん話しだした。

「まア、泥坊が⁉　どの部屋に入りましたの？」あたしはしらばっくれて聞いた。

「アハハハ――。私の部屋に入ったんです」

「よりによってね」

「そうですそうです。よほどのんきな泥棒と見えます。しかもあの朝鮮煙管《ちょうせんきせる》だけ持ってゆきました」

そこへボーイが博士の朝食を持ってきて、あたしの注文を聞いていった。

「ちょっと失敬します」博士はナイフを取った。

「どうぞ私におかまいなく」あたしは博士の読んでいた新聞を取りあげた。

何の気なしに社会面を見ていると、下の方の欄に簡単に記された殺人事件の見出しが、あたしの注意をひいた。それは「昨夜品川の殺人」とあって、次のように記されていた。

昨夜十時過ぎ品川×××××の普請中の道路において、工事監督体《てい》の死体が発見された。死体は、道路普請に従事している鮮人土工の証言によって、彼らの監督落合三太郎

（四二）であることが判明した。落合は昨夜工事が終わって土工らを小屋に連れ帰った後、付近のバーでしたたか酒を飲んだ。

バーの主人の証言によれば、女給を相手に元気よく酔った上、九時頃に立ち去ったとのことである。検死の結果は、首の回りの擦過傷《さつかしょう》が示すごとく、絞殺されたことは確実である。加害者は同日夕刻落合に小屋を追われた鮮人土工の見込みであって、一両日中に捕縛されるはず。

「おや?」あたしは覚えず呟いた。

「何か出ていますか?」博士は食事を終わって、口の端《はた》を拭きながら尋ねた。

「これをごらんあそばせ」あたしは新聞を博士の方へ押しやった。

「きっと昨日《きのう》の晩の、あの監督のことでございますわ」

「あ。殺されたんですね。──おや?　追いだされた鮮人土工。──夕べ入った泥坊がそれじゃないでしょうか?」

「きっとそうでございますわ」

ボーイが朝食と一緒に、別にサンドイッチを持ってきた。崔《さい》を隠してやろうというあたしの考えは、この新聞記事のために、少しも変わりはしなかった。

五

崖《さい》のためにサンドイッチを持って帰ると、あたしはすぐ外出着に着替えた。そしてもの音をさせないように崖に言いつけておいて、殺人事件のあった現場《げんじょう》の方へ歩いていった。むろん犯行の証拠が残っていようなどとは思っていなかった。たといあったところで、専門家でないあたしに分かるはずもなかった。日中仕事のないあたしは、単に外出したくなって、その足が犯行のあった現場に向かったというまでだった。

まだそれほど遅い時刻ではなかったが、現場に行くまでには、身体《からだ》はすっかり汗になってしまった。あたしは自分の物好きを後悔しながら、夕べ掘り返されていた跡を見た。それからその向こうを見た。そこは道路を拡張するために、最近家を立ちのかした跡で、石ころや土くれが雑然としていた。そしてそこが、なんとなく踏み荒らされているように思われた。

それは昨夜《ゆうべ》の犯行に何の関係もないに決まっていた。踏み荒らしたのも、検死の人々であろう。それに、監督は酔っていたということだから、訳なく絞め殺されたに違いない。が、もしも加害者の証拠でも残っていたら隠してやろう。

あたしはそこへ行ってみた。大勢の靴の跡があちこちについている。やはり検死の人たちに相違ない。あたしは歩き回った。

ふと二三人の靴に踏まれたらしい紙片《かみきれ》が眼にとまった。それには、几帳面な字で、外国語や数字が書いてあった。あたしはなぜか手掛かりになりそうな気がして拾い取った。あたしはもうそのうえ歩くのは嫌になって、もと来た方へ引き返した。

あたしは歩きながら考えた。夏の夜の十時といえば、まだ宵の口だ。路傍《みちばた》で殺人事件などが行われそうもない。もっとも、あそこは人家から離れて人通りは少ないが……。

突然あたしは騒がしい人声に考えを破られた。制服の巡査や刑事らしい人の一行が、ある小さなバーからぞろぞろ出てきたのである。そして野次馬がそれを見送っているところだった。立ちどまって聞いてみると、そこが昨夜《ゆうべ》監督の飲んだバーらしい。――ここを九時、それから十時。被害者はバーを出て、やはりまっすぐに普請場の方へ行ったものらしい。途中は町家つづきだし、凶行はあの工事場で行われたものと見る他はない。……

間もなくホテルに帰った。

「これを知らない?」あたしは部屋に入るとすぐ、さっき拾った紙片を崖に突きつけた。

「知りません」崖はうつむいている。おどおどしながら、時々あたしを盗み見る。何かこの紙片について知っているらしい。

「監督に取りあげられた物の中に、何か大切な物があったの?」あたしは次の質問に移った。

「何もないです。しかし友達から預かった金《かね》の煙草容器《たばこいれ》がいいものかもしれません」

あたしは崖を残して、また部屋を出た。そして今度は桜井博士の部屋をノックした。

「誰です？　お開けなさい」

「先生、またお邪魔に参りました」

「やア。貴女《あなた》でしたか。何かご用ですか？」

「いえ、別に……。あの夕べ泥棒のことを、警察の方へお届けになりまして？」

「いえ。煙管《きせる》だけですし、それにこのうえ警察に悩まされることはまっぴらですから」

「それもそうでございますわね」あたしは安心した。

「先生。それからこれは、何を書いた物でございましょう？」

博士はあたしの差しだしたさっきの紙片《かみきれ》を受け取ったが、急に不思議そうな顔をして、

「これは化学式です。しかもたしか一ケ月ばかり前に、私が永見に計算さしたものです。がどうして貴女《あなた》がこれを……」

「今朝《けさ》ほど食堂の帰りに、先生のお部屋の前で拾いましたの。多分お部屋を掃除したとき、女中でも落としたんでございましょう」

「おかしいですね。こんな物を持ってくるはずはないんだが……」

「その永見さんとかが、いらっしゃったんじゃございませんの？　一体その永見さんて方は、どこにお住まいなんですか？」

「私の家《うち》と同じで、牛込です。それにここへ来たこともありません。やはり私のポケットにでも入っていたんでしょう。アハハハ——こう迂闊《うかつ》でも困ったものです」

博士は指に巻きつけた紙片《かみきれ》を、スポリと小机の上に抜いた。あたしは何気ないふりでそ

の紙片《かみきれ》を玩具《おもちゃ》にしながら、無駄話をしばらく、――博士の部屋を出た。

むろん化学式の紙片《かみきれ》は持ってきた。だってあるはずのない所にあったこの紙片《かみきれ》は、永見とかいう人を、この殺人事件に結びつけることになるかもしれなかったから。

が、崔《さい》の口ぶりでは、この紙は崔にも関係があるらしい。とすれば、永見と崔の関係は？　それとも化学式の紙片《かみきれ》は、事件とは何の関係もなくって、やっぱり崔が恨みの殺人だろうか。しかし永見が直接の犯人と考えられないこともない。いったい落合と永見の間に、どんな関係があるのだろう？

六

次の日の夕方、ホテルの食堂で桜井博士に会うと、

「煙管の欲しい人がまた出ましたよ」と博士が話しだした。

「誰でございますの？」あたしは好奇心にかられて尋ねた。

「いつかお話しした助手の李です。今朝《けさ》ほどとつぜん訪ねてきましてね。朝鮮煙管を買ったそうだが、見せてくださいというのです」

「李さんとかいう人は、どうして煙管のことを知っているんでしょう？」

「ええ。私も変に思って尋ねてみましたところ、今朝《けさ》友人の工夫から聞いたと言うのです」

「でもよく先生ということが分かりましたね？」

「なんでもその工夫が、やはり一昨日《おととい》の晩、私が煙管《きせる》を持っているのを見かけたんだそうです。私が朝鮮煙管を持っていたってなんでもないことなんでしょうが、それが原因で、ああした事件が次々に起こったもんだから、私の姿もその工夫の頭に深く印象されていたものと見えます。李はその工夫の言葉から推測したんだそうです」

「その工夫の名前をお聞きになりまして？」

「郭《かく》というんだそうです。はじめは、その工夫が、私の所へ入った泥棒じゃないかと疑ったもんですから聞いてみました」

――郭、郭。崔《さい》はたしか、（郭は悪い者です）と言った。その郭は李と交際している。永見→永見の筆跡の残っている紙片《かみきれ》→永見の同僚の李→李と交際のある郭。この間に何か関係があったとしても不思議ではない。どうかして紙片《かみきれ》が郭の手に入っていて、その郭が監督を殺したかもしれない。しかし郭の手に紙片《かみきれ》があったものとすれば、それが崔の手に渡ることはありそうに思われる。してみると犯人はやっぱり崔だろうか。

いったい李は何のために、わざわざ煙管を見にきたのであろう。なるほどあたしが朝鮮煙管を見たのは生まれてはじめてだ。してみると内地では、めったにお目にかかれない物かもしれない。その珍しい故郷の煙管があると聞いて、李は急に見たくなったのだろうか。

あたしには経験がないから何とも言えないが、いくら故郷の物だと言って、煙管一本がそんなに人を惹きつけるのはおかしいように思われる。あの煙管の雁首《がんくび》は馬鹿に大きい。

博士の研究室のプラチナ泥坊がやはり李で、そのプラチナが、雁首の中に隠されているのではなかろうか。——

あたしは博士に別れて、自分の部屋に帰るとすぐ、崔に朝鮮煙管を見せてもらった。が、雁首の中には、別に何も詰まっていない。それにいくら大きいとは言っても、紛失したプラチナを詰めるには小さすぎるようだ。また雁首の吸い口その物も、時代の付いた真鍮《しんちゅう》で、さらに怪しい物ではない。してみると、プラチナと煙管とは関係がなさそうだ。

七

考えているうちに、何が何だか分からなくなった。それもぜんぜん分からないなら、まださっぱりして気持ちがいい。だけどこう犯人の見当がつきそうでつかないのは、蛇の生殺しみたいで嫌になる。

あたしは寝台《ベッド》に仰向けに寝ころびながら、床の上に座っている崔を見おろした。崔は不思議そうにあたしの手を見つめている。——無理もない。あたしは生殺しの蛇のことを思っていたためか、白い両腕をまっすぐに立てて、蛇のようにくねらしながら、例の癖で、しなやかなあたしの可愛い指を、ピアノのキーでも叩くように動かしているのだった。

本当にこんなくさくさした時には、それに限る。——あたしはベッドから跳ね降りた。眼を丸くしてる崔《さい》に、

「出かけるからね。お前は出るんじゃないよ」と言いのこして飛びだした。

むろん浅草へ行った。そして相当の獲物のあったあたしは、十二時頃には御成門のあたりを、品川行の市電に揺られていた。

その電車は停電があったために、遅い時間にかかわらず、ずいぶん込んでいた。したがって、あたしの手を誘惑しそうな機会はないでもなかったが、どうしたものか、日比谷へさしかかった時分から、例の殺人事件などが心を占領して、商売どころではないのだった。

――秀っぺもこう婆アじみちゃ駄目ね。

と、あたしのポケットに手を入れた奴がいる。よりによってあたしを狙うなんて、ふざけた奴だ。あたしは釣り革につかまった手を頭にやって、金のピンを抜き取ると、それを逆手に持って、素早くポケットの上から中の手を突き刺した。

手を引こうとするのをぐっとこじって、あたしは初めて相手の顔を見た。労働者風の男が青くなって、嘆願するような眼つきをしている。誰も気のついた者はない。あたしはピンを抜いた。

――増上寺前――

電車は芝公園の中を走っていた。労働者風の男は、乗客を掻き分けながら出口に進んだ。あたしもすぐその後からついていった。

男が降りた。あたしも降りた。

人目がある。男はすまして歩いてゆく。足を早めて公園の木立の中に入る。

「お待ち！」あたしは駆けだそうとする男を呼びとめた。

こっちは女一人、——居直るつもりか、男はくるりと後ろを振り向いた。あたしはポケットから手を出した。キラリと光る。例の玩具《おもちゃ》のピストルだ。

男は薄気味悪そうな顔をしてピストルを見る。その眼をあたしに移す。

「手をお挙げ」あたしは威張ってやった。

男はくすぐったそうな顔をして、不器用に手を挙げた。探してみると、股引《ももひき》や腹掛けの中にバラバラに入ってたのを合わして、二十円ばかりもある。その他に、腹掛けから名刺入れが一つ出た。捨てる暇がなかったものと見える。あたしは中を検《しら》べてみた。

と、李完天《りかんてん》と書いた名刺が二三枚と、T大学附属図書館の閲覧票が出た。例の事件に悩まされていたところではあり、あたしは咄嗟の間に思い出した。

「お前は郭《かく》だね。——李を強請《ゆす》ったろ？」一つ鎌をかけてみた。

「隼の姐御《あねご》は知っているんですね。私負けました」郭はずるそうに、にやりとした。

「どうしてまた、お前はあたしを知ってるんだい？」

「噂を聞いていました。そして一昨日《おととい》、監督から掏《す》ったのを見ました」

「ハハハ——あれを……」

「ええ、あれを……」

「あの金時計を……」

「ええ、金時計を……」

「そうだったの。ちっとも気がつかなかった。――お前もいい腕じゃないか」あたしは一つ煽った。

「知ってるんだろう――監督殺しの一件を？　喋っておしまい！」

「へへへへ――困ったな」

二人はそばの切り株に並んで腰を掛けた。――

「貴女《あなた》一昨日《おととい》の晩、品川で、私の仲間がなぐられたこと、知っていますね？　あの男の名、崔《さい》です。のろまです。あれから崔は、持っている物を取りあげられて、小屋から出されました。

私、すぐそのことを李に知らしました。李は大学の先生です。若いけれど偉いです。李の家は貴族です。我々に関係ありません。けれども若い李は、我々の味方です。いろいろ力になってくれます。

李は私といっしょに品川に行きました。けれども小屋には、崔も監督もいませんでした。李は、崔を探すと言って帰りました。

十時過ぎに、監督が殺されたという知らせがありました。ですから、巡査《おまわり》が検《しら》べに来るに決まっています。私はこの間小屋に来るまでに、たびたび掏摸《すり》をしました。それを知っている巡査《おまわり》があると困ります。私は小屋から逃げだして、停車場の方へ行きました。

すると向こうから、よろよろ来る紳士がありました。よく見ると李です。顔が青くなって、洋服が裂けています。私が近づいても気がつきません。私はこれから逃げるのです。お金がいります。李ならお金を持っているに決まっています。私はドンとぶつかりました。そして蟇口《がまぐち》や金《かね》の煙草容器《たばこいれ》を取って、逃げだしました。名刺入れは、そのとき掏りました。後でよく考えてみると、その煙草容器《たばこいれ》は、監督が崖から取りあげたはずです。それを李が持っていたとすれば、監督は李が殺したに違いありません。私は今朝《けさ》李を訪ねました。そして名刺入れを見せびらかしながら、三十円で煙草容器《たばこいれ》を売りつけました」

「その煙草容器《たばこいれ》とかってのは、そんなに良い物なのかい?」あたしは尋ねた。

「そうでしょう」

「人を殺してまで取るほど、値打ちのある物だろうか?」

「きっとそうでしょう。私は李が、自分で作って、崖にあずけたんだと思います」

「なぜそんなことが分かるんだ?」

「私が二十日くらい前に売りつけた金で、作ったと思うんです」

「じゃその金が、値打ちがあるんだね?」

「きっとそうです。私がその金を持ってゆくと、李はたいへん喜びました」

「自分が持ってた金の値打ちを知らないのかい?」

「へへへへ――、掏ったんだ」

「仕様がない奴だね」あたしはポケットから化学式を書いた紙片《かみきれ》を引きだした。

「その金はこの紙片《かみきれ》に包んでなかったかい？」

「ええそうです。それに包んでありました」

「どうもご苦労様」あたしは立ちあがった。

「この名刺容器《いれ》とお金はもらっとくよ」

「お金を皆持ってゆくんですか？　少しは残していってくださいよ」

「やってあるじゃないか——三十円も」

「え？」

「煙草容器《たばこいれ》を売りつけた三十円は、どこへしまいこんでるんだ？」

「仕様がないな」

あたしは電車通りに向かって歩きだした。五足《いつあし》ばかり行って振り返った。間の抜けた顔をして、郭はまだ突ったっていた。

八

一種のもどかしい気持ちのうちに、その夜は明けた。夜中、あたしは幾度か眼を覚ました。うとうとしたかと思うと、すぐに眼が覚めた。

考えてみると、桜井博士からプラチナ紛失事件について聞いて以来、足かけ三日間、事件はあたしの回りに不思議な発展をした。けれどもあたしは、事件の解決に向かって何の努力もしなかった。ただ見た。と言うよりも聞いた。——博士から、崔《さい》から、そうして郭《かく》から。

事件が見当がつかなければつかないでじれったかった。が、三日目の終わり、つまり昨日《きのう》のように分かりかけてみると、やはり一種のもどかしさを感ぜずにはいられなかった。傍観の態度を保ち続けることが苦しくなった。

それに近頃、象潟署《きさかたしょ》の高山刑事の眼が、あたしたち隼組の上にやにに光る。豚がヒステリーを起こしたんだとたかはくくってても、やっぱり気味はよくない。子分の兼吉はこの春行って味を占めたと見えて、しきりに阪神下りをすすめる。あたしも早く事件の終局を見て、阪神へでも行きたくなった。一つチョッカイを出してみようか。——あたしは牛込の永見を訪ねるつもりで、市電に乗った。

隣席の人の新聞が眼に入る。蠅取りデーの記事が出ている。あたしは桜井博士のことを思い出して、独りでおかしくなった。

がしかし、現代の日本の学者に、この桜井博士のような人が何人あるだろう。全精力を自分の専門に打ちこむために、世間からは奇人のように見える、——そういう功《たく》まない奇人が何人いるだろう。あたしが女学校を出てから入った津山仏語塾、そこを出て第一回の女子聴講生になったT大の文学部、——そんな所の教師に、はたして一人でもあったろうか。

いずれを見ても山家《やまが》育ちであることは言うまでもないが、揃いも揃って、いわゆる秀才でなければいわゆる才子。――ざまア見ろ！　やつら一体どれだけの研究を学界に貢献した⁉　学生に至っては論外。若い身空《みそら》で、恩給をあてに地方の高等学校へ行って、女房に子供を生ませることを想像したり、『破船《はせん》』の作者よりゃア男っぷりがいいからと、教師の娘にほれられて、あわよくば大学教授に引っぱりあげられることを夢想したり。
――ざまア見やがれ！　こんなうじ虫なんか、蠅取りデーに交番へでも浚《さら》えこんじまえ‼　――おお、神様！　これは隼の考えがロマンチックなのでありましょうか。秀っぺが学者というものに対する先入見にとらわれているのでありましょうか。諸君！　どう思われまするか⁉
ヤーソ信ぜエエよウウー
信ずるものはあーつまれエエ
ヤーソ信ぜエエよウウー
ドン、ドン
ときた。
――約一時間――
あたしは永見の下宿で、永見と向かいあっていた。才子型だ。
「いえ、用事って申しましても、たいしたことじゃございませんけれど」あたしは例の化学式を書いた紙を取りだした。
「もしやこれにお見覚えはいらっしゃいませんでしょうか？」

永見は呼吸《いき》を呑んだ。顔が青白くなる。それでも強いて声を押し鎮めながら、

「いっこう知りません」

「左様でいらっしゃいますか。しかしこの紙は、あなたのお勤めになっていらっしゃる研究室用の物のように思われますし、字もあなたによく似ておりますが、……。まア私としたことが、初めてお目にかかりましたのに、ほんとにぶしつけな……」笑顔の中からあたしは相手を見た。

永見の狭い額に汗の玉が浮かんだ。眼がチラリと動く。魚屋の前を通る猫の眼だ。猫は素早く紙片《かみきれ》に手を出した。

しかしあたしが紙片《かみきれ》を引っこめる方が早かった。

「まア、何をなさいますの?」

永見は膝を立ててのしかかってきた。

あたしはするりと飛びのいた。

「ふざけるない! ジタバタすると言いつけるよ、——親分に、いやさ桜井博士に。この紙《かみ》っ片《きれ》を何に使ったかってね」

「博士はまだ知らないんですか?」永見はキョトンとして手を引いた。

「ああ、知らないね」あたしは空嘯《そらうそぶ》いた。

「だけど君に、大それた、よく泥棒ができたねえ」

「人聞きの悪い、——よしてください」

「だって君はプラチナを盗んだじゃアないか」

「ほんとに盗むつもりじゃアなかったんです。その証拠には、戸棚にしまうのが危険なことを、以前に博士に注意したくらいです」

「じゃ、博士の不注意を懲らすためだったの？」

「そんなことはありません。しかしいったん隠しても、すぐに返す考えでした」

「素人探偵《しろうとたんてい》の腕前を見せた後でね」

「まさか」筋肉薄弱の才子は苦笑した。少し気分に余裕が出てきたらしい。

「じゃどうしたの？　早く言ったらどう？　遠慮はいらないわ。あたしも君の同類さ」

才子の鼻の先に優越感がブラ下がった。眼が人を軽蔑するように動いた。

「強請《ゆすり》だな」永見は机の引き出しを開けて、萎《しな》びた蟇口《がまぐち》を取りだした。

「これが全財産。その紙を買おう」

「シャラクセエ真似をするない！」

「え？」

「増長するなってことさ。証拠がすっかり挙がってるってンだア、この紙《かみ》っ片《きれ》を見ただけでも、才子の君にゃア分かるだろう。よけいな口をたたかずに、あたしの聞くことを喋《しゃべ》っておしまいよ」

「そうですか。ではお話ししましょう」

永見は度胸のない軽薄者には相違ないが、才子だけに目先は利くらしく、案外素直に話しだした。――

「私は足掛け四年、T大学の化学科の助手をしております。自分で言うのは何ですが、私は小学校の一年から、ずっと首席で通してきました。大学を出る時にも、稀に見る秀才として、教授たちから嘱目《しょくもく》されたものでした。

事実私の前後三年間には、学問上の競争者として恐れるに足る者は一人もありませんでした。私は三つ四つあった就職口を断って、桜井博士の研究室に留まりました。それは今学年度で停年に達する教授があったからで、私の努力一つでは、その教授と交替に助教授になる見込みもあったからでした。

ところがご存じかもしれませんが、今年の春、李という朝鮮人が化学の方を出ました。そして桜井博士の依頼で助手になりました。朝鮮人というハンディキャップのあることとは思いますが、ともかくも卒業成績は私より上です。しかし実際、頭の点から言っても、私は李に勝つだけの自信がありません。

したがって予期していた未来の私の地位さえも、あまりあてにならないように思われだしました。私はいつか、李に対する桜井博士の信任を崩してやろうと計画するようになりました。そして二十五日前、博士と李とが帰って後、私は研究室の戸棚のプラチナを盗みだしました。

私はこの予備行動として、前から探偵ということに興味を持っているらしく装っておりました。そこで翌日、プラチナの紛失が発見されるとすぐ、探偵の真似事をしました。そしてその日、研究室から帰りに博士に向かって、暗に李が犯人であるらしいことをほのめかしておきました。

むろん盗んだプラチナは私の手にありました。しかも下宿の女中などに発見されることを恐れて、その時もポケットに忍ばしていたのです。私の考えでは、少なくとも二三日中には、李の手元にあったことにして、プラチナを博士に返すつもりでおりました。

私は計画がうまく運ぶので、いささか得意になりながら、博士と一緒に電車を降りました。そして博士に別れて二三歩、——ポケットに手を入れました。あるはずのプラチナが、手に触りません。ギクリとしました。

狼狽《ろうばい》しながら、ありとあらゆるポケットを探しました。やはりありません。しかも不用意にも、プラチナは、あなたのその紙に、前日包んだままです。私はその瞬間から、ことに事件が警察の手に移ってから、すっかり平静を失いました。今か今かと拘引を待つようにさえなりました」

永見は訴えるようにあたしを見あげて、言葉をついだ。

「それにしても、どうしてプラチナが貴女《あなた》の手に入ったんでしょう?」

「あなたが博士と電車をお降りになったとき」とあたしは初めて言葉を和らげて言った。「労働者風の男が突き当たりましたでしょう。あれが掏摸《すり》です」

あたしは笑いながら立ちあがった。

「私はどうなるのでしょう？」

「さアね、——もう二三日お苦しみになったらいいでしょう。それともご心配を少なくするために、事件揉み消し料として、その蟇口《がまぐち》でもいただいてゆきましょうか？」

あたしは案外どっさり入った蟇口を持って、意気揚々と永見の下宿を引き上げた。

九

その足で、あたしは本郷の李の下宿を訪ねた。ところが李は、昨日《きのう》引っ越したということだった。引っ越し先は分からなかった。

あたしは李の借りていた部屋に入ってみた。空の本箱や机をはじめ、かさばる物が四五品残されていた。あたしは一つ一つ精密に調べてみた。

最後に本箱の下の引き出しの紙屑の中から、真鍮《しんちゅう》の朝鮮煙管《ちょうせんきせる》の雁首《がんくび》と吸い口が出た。あたしはそれをポケットに収めて部屋を出た。

帰りに三越へ回った。郭《かく》と永見から巻きあげた正当な収入以外の——言い換えれば掏摸以外の手段で得た——金をもって、崔《さい》のためにレディーメードの夏服と帽子を買った。そしてタクシーを呼んだ。おお、なんと金持ちらしくあることよ。

帰ると早速、あたしは桜井博士の部屋を訪ねた。博士は待ちかねていたように、いそいそと迎え入れたが、いきなり、封を切った手紙を突きつけた。

「プラチナは李が取ったというのです。李の手紙です」博士はあたしの手に受け取られた手紙を、なおも眼で追いながら、

「まア読んでみてください」と付け加えた。

手紙は次のように認《したた》められていた。——


先生。

私は、先生の私に対するご信任を裏切りました。万死に値します。

先生、プラチナは私が盗みました。

私の家は大邱《たいきゆう》の山奥にあります。また京城にも、小規模ではありますが、金属の美術工芸品製作工場を持っています。これは日本に併合後、父が始めたのだそうです。私は九つまで、大邱の家にいました。その後内地の中学校に行くようになってからは、休暇で帰るごとに、京城の工場の方で暮らしました。私は面白半分に、職工に交じって働きました。

不思議なことに、私は火の加減でも刀《とう》の入れ方でも、仕上げでも、一般の職工よりもうまいと褒められました。むろん今から思えば、この賞賛の中には、工場主の子供ということも、あずかって力あったことと思います。

そしてこんなことが原因となって、私は化学に興味を持つようになり、将来も化学者として立とうと決心するようになりました。

ところが三年以前、父が急になくなって、私は初めて工場主と職工——という問題にぶつかりました。惹《ひ》いて、資本家階級と労働者階級ということについて、考えるようになりました。無論、内地における鮮人労働者の惨めな状態が眼に写らずにはいませんでした。

実はその前にも、鮮人労働者はたびたび見ていました。しかし同情するどころか、むしろ嫌悪していました。自分自身が侮辱されたように感じて、思わず眼をそむけたものでした。アメリカなどへ行っている日本領事が、移民に対して不親切だというようなことを、幾度か新聞などで読んだように記憶しますが、私自身の軽薄な態度から考えてみて、ありそうなことだと思います。

さて、そうした問題に悩みながらも、私は専門の研究の方を続けていました。と、去年の秋、とつぜん私は、大邱時代のある幼友達《おさなともだち》の訪問を受けました。その友達も、やはり哀れな労働者の一人でした。そしてその友達の口から、私は親しく彼らの内情を聞きました。私はますます彼らに同情するようになりました。

とはいえ社会問題とか労働問題とかいうことに関しては、私はぜんぜん無知です。電車の中とか散歩の時とかに、自分勝手に想像を逞《たくま》しゅうするほか、条理を辿って研究するなどという暇はなかったのでした。

私はなんらの成算なしに、彼ら鮮人労働者の小屋を訪ね回りました。一人一人にその希望を聞き、もしその希望が正しいと思われるなら、そして私にできるなら、そうした彼らの希望を叶えてやろうと試みました。その間に私は、たびたび社会主義者などから交際を求められました。

しかし私は、労働者を集めてその頭の上を駆けずり回ろうとするような、彼ら社会主義者の態度が嫌でした。彼らとともにカフェでビールの満《まん》を引《ひ》きながら、大いに現代の社会を論ずるよりも、その金で煙草《たばこ》を買って、哀れな労働者に配ることに意義を認めました。――私はやはり、資本家の温情主義が膏肓《こうもう》に入ってるセンチメンタリストに過ぎないのでしょうか。

ともかくも私は、鮮人労働者らの間に、ことに元農業に従事していた人たちの間に、驚くほど望郷の念が漲《みなぎ》っているのを知りました。どんなに貧しくとも、今の心身の苦しみよりはましだと言うのです。しかも彼らは、旅費や監視などの関係から、故郷の土に帰ることを許されていないのです。

金さえあったら。――私はそう考えるようになりました。しかしまだ、盗んでまでも、とは思いませんでした。研究用のプラチナのことなどは、夢にも思いませんでした。ところが「偶然」は、ついに私にプラチナを掴ませました。「機会」は、私を誘惑しました。

私は手の中で白く輝く物を眺めながら、これを金に代えて、哀れな労働者らを故郷の土に帰してやろうと決心しました。とはいえ、これが姑息な手段であることは、私といえども心得ています。しかし、彼らのような奴隷的労働者を存在せしめないような社会を、いったい誰が、いつになったら作ってくれるのですか。

朝鮮の山野は、まだ喜んで彼らを迎えるだけの余地を持っています。少なくともそこでは、彼らの魂だけは自由です。

さて、このプラチナを直ちに日本で金に換えることは、危険きわまります。当分どこかへ隠しておかなければなりません。幸い数日間は、私に捜索の手が伸びる恐れはありません。なぜかといえば、ご存じのとおり永見君と私とが、捜索する手筈になっていたからです。しかし事件は、いずれは警察に移されるべき性質のものです。私はその前に、隠匿しなければなりません。

ふと私の頭に、幼友達《おさなともだち》の言ったことが、浮かびました。友達は、父親から煙管《きせる》を貰ってきたと言うのです。あの雁首《がんくび》の大きな、長い朝鮮煙管であることは、言うまでもありません。

私は友達から煙管を借りてきました。プラチナの一部分をもって、京城の工場で鍛えた腕をふるって、その煙管のと同じ大きさの雁首と吸い口を作りました。その上に真鍮《しんちゅう》を被《かぶ》せました。時代色をつけました。内側に脂《やに》を塗りました。そうして元の物とすげ換えました。それから、煙管から思いついて、残りのプラチナで煙草容器《たばこいれ》を作りました。

私は煙管を友達に返すとともに煙草容器《たばこいれ》を預けました。友達はじゅうぶん信用のできる青年です。が私は、煙管にどんな加工をしたかということも、煙草容器《たばこいれ》の金《かね》が何であるかということも言いませんでした。

しかし私の悪い計画には、悪い結果が引き続きました。友達と煙管が行方不明になったのです。ただ煙草容器《たばこいれ》だけは、私の手に返りました。帰りはしましたが、困ったことに、友達に預けるとき煙草容器《たばこいれ》の中に入れておいた紙が紛失していました。それは永見君の筆跡の残った紙なのです。私はある事情から永見君を恨んでいました。そして、万一煙草容器《たばこいれ》が発覚した際、罪を永見君に着せようとしたのです。

しかし今はその必要もなくなりました。私はここに、プラチナの紛失と永見君とは、何の関係もないことを断言します。

実を言うと私は、ある事情のために、急に内地を去らなければならなくなったのです。そしてプラチナの煙草容器《たばこいれ》だけは、戴いてゆきたいと思います。

勝手なことばかり、長々と書きつづけました。どうかお許しください。

先生。では、これで失礼いたします。

この先どんな運命が、この不心得者を迎えてくれますことか！　朔風《さくふう》すさぶ満蒙の野《や》、乾草《ほしくさ》香る南米の田園、――いづくの果てに暮らそうとも、陰ながら先生のご健康を祈りましょう。

先生。では、永久にさようなら！

しかしいずくの塵にまみれても、先生に授けていただいた知識を、世界のために人類のために、誓って活用させましょう。

——あたしは読み終わって、ほっとためいきをついた。

「これは本当のことでしょうか？　李がプラチナを捕ったんでしょうか？」否定したいような博士の口ぶりである。

「プラチナの煙草容器《たばこいれ》を持っていったのは事実でございますわ。でもはじめに研究室から盗みだしたのは、きっと李さんではないと思います」

「私もそんな気がします」博士はちょっと言葉を切って、

「妙なものだ。あの時は何の気もつかなかったが、いつか買ったあの煙管《きせる》が、李の細工した物だったのですね？　今はどこにあるか知らん——」

「あの煙管なら、きっと先生のお手に返りますわ」あたしは快活に言った。

「さア——？　が、それにしても、李は惜しい男だった。しかし手紙にあるとおり、どこにいても、きっと学界を驚倒させるような研究をするでしょう。私は引責辞職くらい何とも思っていない。李に化学の手ほどきをしてやっただけで満足です」

事件は終わった。心残りはない。いい機会だから、ちっと暑いかもしれないが、一つ京阪でも荒らしてこよう。

「ねえ先生、私、今夜品川を立って、京阪の方へ参ることになりました」

「それはまた急ですなア」

「せっかくこうしておちかづきにしていただきましたのに、ほんとにお名残惜しゅうございますわ」

「私も同感です」やにさばさばした同感だ。

「ご存じのとおり、私は独りぼっちでございます。見送ってくれる者もありませんの。ほんとに寂しゅうございますわ」大いに寂しそうな顔をする。

「私でよかったらお送りしましょうか？」

「え？——先生が？——まア、なんてお礼を申しましょう」あたしは小娘らしく手をたたいた。

「ではちょっと仕度して参りますわ」あたしは部屋を飛びだした。

帰ってみると、崔《さい》は相変わらず床の上に座りこんで、物思いにふけっている。

「そこの水差しを取っておくれ」あたしは命じた。

「その引き出しのシャボンをお出し」も一度命じた。

「その椅子へおかけ」また命じた。

崔は命令のままに椅子に腰掛けて、不器用に、シャボンの泡《あぶく》を汚れた顔に塗った。あたしは安全剃刀《かみそり》で、崔の不精髭《ぶしょうひげ》を剃り落としてやった。レディーメードの洋服もよく似合った。

崔は鏡の中の若紳士を眺めて、けげんそうな顔をした。しかしさすがに嬉しいと見えて、含羞《はにかみ》ながらにこにこしている。

最後に、今夜朝鮮へ帰してやると言ったら、有頂天になってしまった。そうして、他に何もないからと言って、記念として例の朝鮮煙管《ちようせんきせる》をくれた。あたしは崔にかくして、その煙管の雁首《がんくび》と吸い口を、李の下宿から持ち帰った物とすげ換えた。

午後八時二十五分。あたしは桜井博士と崔と一緒に、品川駅の東海道線、下りのプラットホームにいた。

アイスクリーム売りが立った、アイスコーヒー売りが立った。そうして下関行一二等急行列車は、ヘッドライトを輝かしながら、プラットホームを揺るがしながら突入してきた。

あたしは後ろへ下《すさ》るはずみに、博士にぶつかった。左手を、博士の上衣のポケットに突っこんだ。

――まさか！　いくら秀っぺだって、お友達から掏《す》りゃアしないわよ。――あべこべよ。崔の煙管から抜いた雁首と吸い口を、博士のポケットに入れてあげたんだわ。汽車は止まった。あたしが乗った。崔がつづいた。動きだした。

あたしは窓から首を出した。――とまアまアまア！

博士の太ったお腹《なか》からバンドがずっこけた。

博士は知らずに窓に沿って歩く。

バンドが膝まで下がった。のめりそうになって、やっと踏みこたえて、あたしの方を見た。

「アハハハハハ――」あたしはすっかり嬉しくなって、男のように笑った。夢中で窓から手を振った。――ハハハハ。――あの調子なら、どうしてどうして、あたしの悪戯《いたずら》に気がつくもんですか！

隼のお正月

昭和三年元日早朝、兼吉《かねきち》、由公《よしこう》をはじめ主だった子分九人、吉例《きちれい》によって海浜ホテルのあたしの部屋に集まってくれた。

あたしからはじめて、お屠蘇《とそ》の盃《さかずき》を順に回した。渡り女給のお君さんが、職業柄《しょうばいがら》器用な手つきでお酌《しゃく》の役を引き受けた。

「新年おめでとう」

「姉さんおめでとう」

「おめでとうございます」

「明けましておめでとう」

一人一人盃を上げては他所《よそ》行きの声を出した。

お屠蘇の盃が一巡《ひとめぐり》するうちにはストーブの上のお湯が沸《たぎ》って、酒のお燗ができた。盃があちこち飛んだ。

「愉快だなア」誰だか酔った声で、誰に話しかけるともなく感傷的に言った。

「こんな仲のいい家族って、どこンだってありゃアしないわよオ」これも酔った声で、不良少女の文公《ふみこう》がホロリとしてそれを受けた。

無理もない。——世間並外れて単純で、お人よしで、したがって感傷的なあたし達だった。みんなあまりにも善良であるためか、または自分でもどうすることもできない盗癖のために、知らず知らず浅ましい情けない今の境遇に陥ったあたし達だった。そして同情《おもいやり》のない粗野な世間から迫害され、いつかお互いに堅く抱きあったあたし達だった。誰も文公の言葉に異存のあろうはずはなかった。みんな黙って冷えた盃をなめた。その嬉しいけれども涙を誘うような沈黙を、陽気好きの由公がまず破った。由公はお君さんが持ってきた運勢暦《こよみ》を取りあげて高らかに読みあげた。

「エーと、……本年の運勢は大吉である。天は蟇口《がまぐち》を下し黄金を施す時であるから、小手先を働かす者は一層の吉福を積むが、正道を渡る者はかえって囚われの身となることがある。……」

「そんな事《こつ》アねエだろ」誰だか槍を入れた。それでドッと笑いが起こって、市が栄えた。元旦の日光は東南の窓から明るく射しこみ、ストーブはカッと燃え、酒と煙草《たばこ》の香気が部屋に満ちわたたった。

お午《ひる》ちょっと前、一同揃ってホテルを繰りだした。酒に弱いあたしは、お猪口《ちょこ》三杯ですっかり赤くなっていたが、外気に触れるとすぐ醒めた。空気は冷たいが澄んでいた。風は和らいでいた。日は麗らかだった。みんなは省線の品川駅の前で、お互いの無事を祈りながら散会した。

あたしは駅の構内へ入っていった。乗った電車は言うまでもなく満員だった。しかもあたしの隣には懐中《ふところ》を膨らました酔っぱらいがいた。あたしは躊躇なしにその酔っぱらいから蟇口《がまぐち》を引き抜いた。

ところが意外にも酔っぱらいがそわそわしはじめた。懐中や袂を掻き探しはじめた。しかし電車はあんまり満員すぎた。被害者のそばを離れたくも、五寸と身動きができなかった。幸い電車が田町に着いたので、あたしは思いきって降りてしまった。

こんな乗り降りの少ない、蟇口の残骸を棄てることの困難な駅へ降りるのは嫌だったけれど、仕方がなかった。あたしは気分の悪くなった風をして、ベンチに腰を下ろして額を押さえた。

すると同じ電車から降りたらしい紳士が、ご親切にもそばへ寄ってきた。

「ご気分がお悪いんですね」

「ええ、少し……」

「そりゃいけませんね。どうも今日はこみますからなア」紳士はあたしがじっとしてるのをいいことにして、あたしの肩を抱くようにして顔を覗《のぞ》きこんだ。

次の電車がきた。あたしの左手は、ポケットの中で既にさっきの蟇口をはたき終わっていた。あたしは空《から》の蟇口を紳士の外套《がいとう》のポケットに放りこむと同時に、するりと紳士の腕から抜けて、ちょうど発車しようとしてる電車に飛びのった。

電車が動きだした。あたしはにっこりして紳士の方を振り返った。ポカンとしていた紳士はやがてだらしなく顔を綻《ほころ》ばせると、ヒョコリと会釈をした。

今度の電車も満員だった。ふくらんだ懐中やポケットが多すぎて、目移りがするほどだった。しかし今度はさっきに懲りて慎重な態度を取ったので、東京駅を過ぎてからやっと一つ抜くことができた。そのかわり上野まで無事に乗り続けた。

上野で市電に乗り換えてからも一つ引っこ抜いた。

――ウフフ。由公じゃないけれど天が蓋口を下す年なんだわ。――あたしは田原町で電車を捨てて、いい心持ちに元日の人波に揉まれながら松竹座の前まで来た。

「おい」聞きなれた声が後ろから呼んだ。

振り返ると果たして象《きさ》○署の高山刑事だ。

「まア高山さん、明けましておめでとうございます」

「……」

「昨年中はどうもいろいろお世話様でございました。今年もどうか相変わりませず……」

「何だと」

「あら嫌よ、そんな顔をしちゃア。新年のお慶《よろこ》びを申し述べてるんじゃないの」

「馬鹿にするな」

「新年早々大変な権幕ね」

「大きなお世話だ」

「さては酒癖が悪いのね」

「うるさいッ」

「そんならはじめっから呼びとめなけりゃいいのに」

「ウーム」とうとう高山さん青筋を立てた。

「今年こそ覚えてろ！」

「ヘエ――何を？」

「掏《す》ってみろ！」

「淑女にそんな注文をしたって無理だわ」

「ナ、何だと？」

「淑女に掏摸《すり》はできません、てさ」

あたしはそう言うと、くるりと後ろを見せて歩きだした。

しばらく行って振り返ると、高山さんはあきもしないで二間ばかり後ろから大きな図体を運んでる。聞くところによると、松の内と藪入りには警視庁から特別に応援が来るそうだから、高山さんは人手の多いのを幸い一日じゅうあたしを尾行《つ》けるつもりかもしれない。これじゃうっかり手も出せない。あたしはうんざりしてしまった。

それでも万一を僥倖《ぎようこう》して日本館に入ってみたが、やっぱり駄目。すっかり気を腐らしてそこを出ると、釣り堀や射的の並んだ細い横町へ入っていった。

「やア」顔なじみのある射的場の親父《おやじ》が、にっこり笑いかけた。

「一ついかがですか？」

十四五人のお客の眼が一時にあたしの方を向いた。

「そうね」あたしは愛想よく言って、みんなの仲間入りをした。高山さんもそっと射的場の一隅に立った。

あたしは筋のよさそうな銃《の》を一挺選《え》りだした。そしてしなやかな白い指で引き金の所を握りしめると、右片手を、身体《からだ》もろともぐいと、的《まと》——積み重ねたバットに向かって伸ばした。お客一同の視線があたしの筒尖《つつさき》に集まる。その間に左手はたくみに働いて、隣に立っていた会社員風の男のポケットから蟇口《がまぐち》を引き抜いた。

これでよし。——狙いがピタリと定まる。

パン。——バットが二つ落ちる。

あとは別に手間取る必要もなく、続け打ちにして、残りのバットを落としてしまった。

あたしは親父《おやじ》の渡すバットを両手に受けて、

「誰かあげましょうか？」と、見回した。

「よし、俺が貰おう」酔っぱらいが威勢よく言った。

「よオよオ」囃《はや》す奴がいる。

酔っぱらいは両手を揃えて無格好に突きだした。

「嫌アね」あたしはクスクス笑いながら自分の手を引っこめた。チョイト気取って、

「こウ、何だ。強飯《こわめし》でももらいやアしめえし」

「モダンガールの橘屋《たちばなや》ア」角刈りの兄いが賛嘆の声をあげた。みんなドッと笑った。酔っぱらいも愉快に笑いながら、今度はもったいなさそうにあたしの手からバットを一つ摘

まみあげた。

あたしは残りを射的場の親父《おやじ》に向かって突きだした。

「お銭《たから》の代わりだよ」

「かなわねえなア」親父《おやじ》は苦笑いをしながら、あたしの手から鬼のような両手でバットを掬《しゃく》い取った。

その時、困ったことには、あたしの隣の会社員風の男も射的をやってみようという悪い了見を起こしたらしく、ポケットに手を突っこんだ。そして顔色を変えてうろたえながら、

「おかしいなア」と呟いた。

「どうしたどうした⁉」高山さんがトテモ大きな声を出して人を突きのけてきた。

「ええ……その……ちょっと蟇口《がまぐち》が……」

会社員風の男が皆まで言わないうちに、高山さんはグッとあたしの腕を掴んだ。

「貴様やったな！」

「人中で」あたしは憤慨した。

「失礼じゃありませんか」

「まったくこの方は何にも……」会社員風の男が弁護してくれた。

「そうとも。そんなヒマがあるわけはねえや」角刈りの兄いも言葉を添えてくれた。

「こんな気前のいい姉さんが掏摸《すり》でたまるもんか」酔っぱらいも声援した。

しかし高山さんは許してはくれなかった。仕方がない。あたしは覚悟をきめて高山さん

の検《しら》べるがままにまかした。が、
が、——結局、蟇口は出てこなかった。
高山さんはみんなから罵《ののし》られながら、トテモまずい面《つら》をして行ってしまった。

その晩、浅草の割烹店ワルカ楼で待ってると、昼間の射的場の親父《おやじ》が入ってきた。

「隼の姐御《あねご》。今日ばかりゃ胆を冷やしたぜ」

「フフ。あたしだって心配したわよ、高山刑事を前に据えてちゃ、さすがの親父《おやじ》さんも
バットの下に忍ばした蟇口を掴みそこなやしないかと思ってね」

「違《ちげ》エねえ」

相棒の射的場の親父《おやじ》は、いまだに胸の動悸のおさまらない様な顔をして言ったのである。

隼のプレゼント

秀っぺごとき与太の存在を、ご寛容くださる紳士淑女諸君にのみ捧ぐ

一

丸の内の××新聞社のビルディングの四階食堂を出ると、横合いから呼びとめられた。

「やア、お秀ちゃんじゃないか」

「あら津崎《つざき》さん」

「こんな所まで手を伸ばすのかい？」

「知らないわ」

「いやどおりで、近ごろ新聞社に盗難があると思ったよ」

「およしなさいよ。みんな見ているじゃないの」

廊下で行きかう社員たちは、社会部長の津崎順一郎氏が、若い女と話しながら来るので、みんな眼をそばだてていた。中にはにやにやするのもあった。

津崎さんは大男だった。丈《せい》も高ければ横も張っていた。眉も眼も鼻も口も並外れて立派だった。――これで「苦味《にがみ》走《ば》って」れば馬賊の親方にでもなった、ムッソリーニの向こうを張るくらいな豪傑になってるだろうに――と、内心おおいに同情した。

とも知らない津崎さんは、雑作をにやにやと「甘味《あまみ》走《ばし》」らしながら、

「ほんとに何しに来たんだい？」と聞く。

「お午御《ひるご》飯《はん》を食べに来たのよ」

「へえ。こんな所まで来るのかい？」

「今日はお金がないんだもの。ここなら安くってすむわ」

「ご挨拶だな」

「あんな安物を食べて、よく新聞記者なんて駆けずり回れるものね」

「お秀ちゃんだって、これから浅草くんだりまで伸《の》すんだろ」

「まアそんなとこね」

無駄口をたたきながら、津崎さんもとうとう玄関まで来てしまった。

「津崎さんもどっかへお出かけ？」

「うん、日比谷まで行くんだ」

「散歩？」

「いや。娘と待ち合わせる約束なんでね」

「へヘーン」

「嫌な笑い方をするな。僕の娘なんだ」

「ほんとのお嬢さん？」

「そうさ。女学校の帰りに待ち合わせることにしてあるんだ」

「あ。今日は土曜日だったのね」

「どうだ、模範的紳士だろう?」

「それでブリッジ(トランプの一種)って道楽さえなければね」

「あれは紳士の資格さ。ピクポケット(掏摸《すり》という意味)よりゃましだぜ」

「お気の毒様。淑女の資格よ」

「馬鹿にしてらア」

出鱈目《でたらめ》に往来する円タクをよけながら、二人は日比谷の停留場まで来た。と、

「パパア! ここよ、ここよオ!」っていう四辺《あたり》かまわぬ愉快な声が聞こえてきた。見ると、公園の入口で女学校の二年か一年くらいなお嬢さんが、両手を高く挙げて小鳥みたいに飛びあがっている。津崎さんもそれに気がつくと、

「じゃ、さよなら」と言い捨てて、その方へ大股に歩いてった。

あたしも馬鹿に愉快になった。ポケットに手を突っこむと、まだ一円くらいは残ってる。

電車なんかやめちまえ!

片手を挙げる。円タクが音もなくあたしの前へ辷《すべ》ってきた。

二

雷門に近づくに従って自動車の数が増して、じれったいほどのろのろ動く。近ごろ浅草

がだんだん寂しくなるように思われるのに、円タクばかりはやに増えた。あたしは人間がどこへ行くのにも自動車を利用するようになった場合の掏摸《すり》お秀ちゃんなるものの存在を考えて悲しくなった。

というのは与太よ。いかにあたしの想像力が無鉄砲でも、まさか自動車の中から活動写真を見る時代がこようた考えないわ。そうして実のところは、こう自動車が続いたところを「金魚の……」って形容するのはちっとおかしいから、「鯨の糞みたいに」って言ったらいいかしら、——と思ってたの。

とその時、あたしの乗ってた車の右側の窓がガチャンと壊れて、火花がパッと散った。あたしはそのまま気が遠くなった。——とくると探偵小説になるんだけれど、惜しいことに気絶はしなかった。だけどなにしろしおらしい娘《こ》だから、胸をドキドキさしながら、恐々《こわごわ》足もとに落ちてきた物を摘《つま》みあげた。

よく見ると癇癪玉《かんしゃくだま》——あの子供が豆火薬を詰めて地べたにぶっつけるパチンコだ。いいあんばいに運転手は通行に気を取られて、窓の壊れたのには気がつかない。あたしは癇癪玉を窓にあいた穴から投げすてて、後ろの小さい窓から見守っていた。

と、果たして一人の子供が人道から駆けだしてきて、それを拾った。続いて太った男が飛びだして、子供の襟首を摑んで引きずり倒した。

雷門前で車から降りて後ろを振り返ると、泣く子を引っ立てた大男を先に立てて、野次馬がぞろぞろやってくる。あたしはポケットにありたけの金を——といっても一円と三十銭か二十五銭きりなかったけれど、――その金を運転手の掌につかみだすと、運転手が窓の穴をめっけないうちにすたこら仲見世《なかみせ》に駆けこんだ。

少し行くと横町からついと由公《よしこう》が出てきた。そして無言で眼に物を言わして、お互いにスッた物を受け渡すのに適当なだけの間隔をとって、あたしの後からついてきた。

しばらく行くと、

「もしもし、お怪我はありませんか?」と、聞き慣れた声で、しかしいつもと違って非常に丁重に呼びとめられた。あたしはくるりと振り向いた。

あたしを呼びとめた男――象《きさ》○署《しょ》の高山刑事は、それがあたしだと分かると、蟇《がま》が煙草《たばこ》をふっかけられたような顔をした。それから眼と鼻と口髭《くちひげ》を一所《ひとところ》にクシャクシャによせて、口をカッと開いて、

「何だ、貴様か」と、まずい物を吐きだすように言った。

「あら。間違えるのはひどいわねえ」あたしはからかうように言った。

野次馬はもうあたしたち三人――高山さんはむろん後生大事に可憐なる虜《とりこ》を引きずっていた――をぐるりと取りまいた。

「この女の乗っていた自動車に相違ないか?」高山さんはますます憤然たる調子で言った。

べそをかきながら手に持った癇癪玉《かんしゃくだま》を見つめていた子供は、このとき初めて首を持ちあげてじろりとあたしを見た。あたしはぞっとした。それは嬲《なぶ》り殺しにあってる小蛇が、自

分の血で赤く染められた棒切れを持った人間を見上げる時の眼だった。子供は青黒くコチコチに痩せていた。

「どうだ、この女か?」高山さんが子供に答を促した。

子供はかすかに頷《うなず》いた。

「それなら帰ってよし。これから自動車に物を投げるんじゃないぞ」

子供は高山さんにピョコリとお辞儀をしてから、も一度恨めしそうにあたしを見上げて、すごすご電車通りの方へ引っ返した。

野次馬はあまりあっけなく片がついたので、それぞれ物足りないような顔をしながら散りかけていた。あたしは周囲を見回した。それから一方に突進した。そして由公を押していって、まだ残ってる野次馬から五六歩離れた。

「姐《ねえ》さん。今の間に二つ抜いたぜ」

「しっ!」あたしは由公を押さえて、声を落とした。

「今の子供をつけておいで。アサクサバーで待ってるよ」

由公は別に理由を聞こうともしないで、くるりと回れ右をして、すたすた電車通りの方へ歩いていった。

「何だ何だ!」

高山さんがやってきた。

「何でもないわよ」あたしは冷然と答えた。それから少し皮肉な心持ちで聞いてみた。

「さっき、もしあたしでなかったらどうするつもりだったの」

「良家の令嬢か何かなら、あの小僧、ただはすまなかったろうて」

「ずいぶん馬鹿にしないいわね」

あたしは心から高山さんを軽蔑した。そして高山さんを見向きもしないで、観音様の方へ歩きだした。

「おいおい」

高山さんが追ってきた。

「なアに?」

「そんなに急がなくってもいいだろう?」

「大きなお世話」

あたしはお堂の前に立ちどまった。

「今日も観音様を拝むのかい?」

「当たり前だわ」

「どうか捕まりませんようにって」

「うるさいのね。ひとが拝む間くらい黙ってたらどう?」あたしは階《きざはし》の下から手を合わした。

「おい、賽銭《さいせん》はあげないのか?」また口を出す。

あたしはむっとして振り返った。

「立て換えといてちょうだい。さっき運転手に皆やっちまったんだから」

しかし、あたしは言うが早いか、しまった！　と思った。

果たして高山さんは突っこんできた。

「文無《もんな》しかい？　帰りはどうするんだい？……言えないところをもって見ると、掏摸《すり》をして電車賃を稼ぐんだな」

「お気の毒さま」あたしはやりかえした。

「さっき由公を、金を借りに走らしたじゃないか」

高山さんはいまいましそうに舌打ちをした。

「さア。アサクサバーで由公の帰りでも待つとしようか」あたしはにやにやしながら高山さんを見返した。

「君はあたしのお供をするのが好きなんだから、無論アサクサバーをつき合うわね」

「勝手にしろ」

高山さんはプイと行ってしまった。

「アハハ。怒りやがった」

あたしは高山さんの後ろ姿を見送っているうちに、大いに愉快になった。そしてぶらーい、い、い、い、りぶらーりと六区の方へ歩いていった。

三

花屋敷の前で蟇口《がまぐち》を一つ抜いて、アサクサバーへ行った。そしてホットレモンをなめてたら由公が帰ってきた。

「姐《ねえ》さん。ひでえ所だ」フウフウ呼吸《いき》を切らしてる。

「そうかい。まアお茶でもおあがりよ」

「アタイはビールが飲みたいなア」

「ウッフ。モダンボーイの声色は柄にないよ」

女給さんがビールを持ってきた。由公はまず一杯を一息に呑みほして、話しだした。

「あれから、とうとう玉姫《たまひめ》まで歩かされちゃった。小僧はあそこのトンネル長屋に潜りこみやがった。驚いたぜ。まるで人間の住家《すみか》じゃないんだ。たった二畳っきり——そこに親父と、あの小僧を頭《かしら》に下が二人いるんだ。一等下の二つになる女の子が生まれた時に、お袋は死んだんだって言ってた。おまけに親父は片輪《かたわ》ときてるんだ」

「片輪だって?」

「うん。一月ばかり前に、あの小僧を連れて労働《しごと》から帰ってくる時、自動車に轢かれたんだって。それであの小僧、今日は仇討《あだう》ちをやったってわけなんだ」

「だってあたしは人を轢いたことなんかないよ」

「小僧血迷ってやがったんだ。なんでもその自動車に乗ってた女が、姐さんによく似た洋装をしてたっていうから」

「誰だか分からないの？」

「西山大作って奴の娘だって」

「西山大作、――確か休業銀行の頭取《とうどり》だったわね」

「そんな事ア知らねえや」

「それで慰藉料は？」

「たった二十五円でごまかされてるんだ」

「呆《あき》れたねえ」

「だからおいらも馬鹿に同情しちゃってね。そら、さっき仲見世で二つ抜いたろ。――あれを一つ置いてきたア」

「当たり前じゃないか。あの子供のお陰で手に入ったんだもの」

「アハハハハ。ところでね、姐さん。おいらあの小僧を養って掏摸《すり》に……」

「何だって？」

「一人前に仕立ててやるんだ。そしたらあいつの家だって何とかなってくだろうと思うんだ」

「馬鹿」

「だって、姐さんだっておいらを仕込んで……」

「お前は違うよ。もともと手癖が悪くって、中学をおっぽりだされてたんじゃないか」

「えへへへへ」

「チェッ。だらしのない笑い方をするんじゃないよ。もっと呑みたいって?——いいえ、いけません。坊やは母ちゃんの言うことを聞くんです」

「そんならおっぱい……」

「馬鹿だね」

あたしは勘定をして、由公を連れだした。

「由公。今日は酔ってるから、もう仕事をするんじゃないよ」

「うん。兼吉を探しだしてワルカ楼でトランプでもすることにすらア」

「ああそれがいいよ」

あたしは津崎さんに電話をかけておいて、電車に乗った。

四

××新聞社に行くと、津崎さんはもう帰る仕度をして、それでも感心に待っててくれた。

あたしはすぐに津崎さんを誘って尾張町へ出た。それから新橋の方に向かってゆっくり歩きながら、そろそろ用件に取りかかった。

「西山大作って、例の休業銀行の頭取でしょ?」

「うん。昨日《きのう》の××新聞を見たのかい？」

「いいえ。何か出てたの？」

「西山の娘が最近に結婚するんだそうだ。それで家庭欄に、その娘の写真が出てたっけ」

「あらそう。津崎さん、その西山って方をご存じ？」

「親父の方なら知ってる。いい年をしながら色気があって見得坊《みえぼう》で、ゝ、あくの抜けない爺イだ」

津崎さんはうっちゃるように言って立ちどまった。そこは天佑堂《てんゆうどう》の前だった。津崎さんはショーウィンドーを覗《のぞ》きこみながら話しかける。

「お秀ちゃんあの指輪をどう思う？」

「可愛いわね。お嬢ちゃんに買ってあげない？」

「それなんだ」津崎さんは職業柄《しょうばいがら》に似合わず悠然として、

「実はお正月に、娘にお年玉を買ってやらなかったんだ」

「なアぜ？」

「暮れのうちにボーナスが消えちゃってね」

「またブリッジで負けたんでしょ？」

「ウフフフ」

「そりゃ津崎さんがよくないわ」

「だから一月のサラリーを貰ったら、買ってやる約束をしたんだ」

「今日が月給日なの？」

「うん。だから今日午《ひる》お秀ちゃんに別れたろ。あれから娘を連れてお年玉を物色して歩いたんだ。そして夕方社の帰りに、サラリーを受けとってから買ってゆくことにしたんだ」

「それでお嬢ちゃんはあの指輪が気に入ったってわけなのね。津崎さんより眼が高いわ」

「だが五百円は高すぎらア。だから着物でごまかしてやろうと思ってるんだ」

「そんなに言わないで買っておあげなさいよ」

「冗談じゃない。西山大作ならいざ知らず、我々風情にはせいぜい二百円くらいが関の山だ」

「いつもそんな風に謙遜すると、津崎さんも女にもてててよ」

「馬鹿にしてらア。――おや。うわさをしてたら影がさしたぜ」

ちょうどそのとき天佑堂の前で自動車を降りた紳士は、津崎さんを認めると、太った腹を突きだしながらあたし達の方に近寄ってきた。

「これは西山さん。このたびはおめでとうございます」津崎さん案外如才がない。

「や、有り難う」西山と呼ばれた紳士は大様《おおよう》に頷《うなず》いて、

「昨日《きのう》はまた新聞にまで出していただいて、恐縮しておりますじゃ」

「どういたしまして。新聞の方こそ名誉の至りでございます」

「時にええ所でお目にかかった。実は父親からとして、娘に何か記念品を贈ろうと思うとりますのじゃが、津崎さん、あんたはこういうことには眼が肥えておらるるじゃろ。ひ

とつ指図《さしず》してくださらんか」

そして好色そうな眼をチラリとあたしに送りながら、

「こちらは?」

「松竹キネマのスター、山久小秀《やまひさこひで》嬢でございます」津崎さんは咄嗟に与太で受けとめた。

「ほう。それはますます好都合じゃった」西山氏は上気嫌であたしに向かいながら、

「あんたもひとつ付きあってくださらんか。娘もあんたのようにハイカラじゃでのう。あんたに見立ててもらうたら、西山大作、娘に向かって鼻を高くすることができますじゃ」

あたし達は一緒に天佑堂に入っていった。そしてショーウィンドーの品まで持ってこさして散々に見比べたあげく、二千円近い買い物をした。

それから西山氏の自動車に同乗して、夕食をとるためにある日本料理屋へ行った。

五

食事のすんだころ女中さんが来て、西山氏を訪ねて天佑堂から人が来たことを告げた。西山氏は不審そうな顔をして部屋を出た。

「津崎さん」二人きりになるとすぐ、あたしは話しかけた。

「どんなことがあっても騒いじゃ駄目よ」

「何だって?」

「あのね。どんなことがあっても、心配しなくってもいいのよ」

「脅かしちゃ嫌だぜ」

「大男のくせに意気地なしね」

あたしは立ちあがった。

「おい帰るのかい？」

あたしはそれを聞き流して部屋を出た。そして女中さんに教わって、西山氏の入った部屋と襖一重《ひとえ》隔てた隣室に忍びこんだ。

となりでは天佑堂の店員らしい男が、しきりに西山氏の艶福《えんぷく》を祝福していた。滔々《とうとう》と、しかも無礼に渡らないだけの態度と弁舌をもってしていた。

なんでもそれは、あたしを西山氏の情婦か何かと誤解しているものらしかった。

津崎さんが「色気があって見得坊で」と評していただけあって、西山氏は店員の言葉を否定しようとはしないで、失礼千万にも、

「まアそんなところかな」と言った。

「それを伺って安心いたしました」待ち構えていたように、店員はスッパリと言った。

「実はあの場で――とも存じましたが、人目も多いことでございますし、お跡を慕ってこちらへお受け取りを持参いたしましてございます」

「受け取り？――何の受け取りじゃな？」

「お連れ様のご婦人が、指輪をお持ち帰りになりましたので……」

なかば予期したことではあったが、あたしはハッとしてポケットを押さえた。そして内心店員の慧眼《けいがん》に兜《かぶと》を脱いだ。——だって仕方がないわ。掏摸《すり》と万引きは要領が違うんだもの。

西山氏はよほど面食らったらしかった。が、さすが千軍万馬の老実業家だけあって、ぐっと備えを立て直した。

「いかほどかな?」

「五百円でございます」

さっきからの行きがかり上仕方なしか、それともこれを材料《たね》にあたしをどうかしようというつもりか、ともかくも西山氏は器用に五百円を支払った。

天佑堂の店員に至っては、あたしのことを口で言うとおりに信じているのか、あるいはまたあたしが筋のよくない女であることを見破って、金になる可能性のある西山氏を弁舌でもって陥れたのか、さらに見当がつかなかった。——がどっちにしても、ポケットに忍ばした指輪の片はついた。

あたしはそのまま大手を振って料理屋を出た。

家《うち》へ帰るとすぐ浅草のワルカ楼に電話をかけて、子分の兼吉《かねきち》と由公《よしこう》を呼びつけた。

そしてポケットから、西山氏が代金を払ってくれた津崎さんのお嬢ちゃんご懇望の指輪を摘《つま》みだして、テーブルの上に置いた。

「可愛い指輪だな」

由公がその方へ手を出そうとした。

「いけない」あたしは叱りつけた。

「無垢《きれい》なお嬢ちゃんに贈るんだ。あたし達が触っちゃ汚《けが》れらアね」

そして今度は天佑堂から料理屋へ行く自動車の中で、津崎さんからチョロマカシた俸給の袋を取りだした。

あたしはその袋の口を無雑作にあけて、その中から百円札を二枚抜きだして白紙に包み、上から水引《みずひき》をかけた。

「由公。これを昼間尾行《つ》けてった子供にやっておいで」

「承知しました」

相変わらず気軽に立ちあがる。

「こっちの名を明かすんじゃないよ」

「合点《がってん》」

もう飛びだしちまった。

あたしは小机の引き出しから名簿を出してパラパラと繰《く》った。そして指輪を俸給の残りと一緒に封じこんで、兼吉に渡した。

「これを蒲田女塚二四七の津崎順一郎って人の家《うち》へ持ってって、『お父様のお使いでございます』って、女学校へ行ってるお嬢さんに届けておくれ」

「ええ」

兼吉は親が産みつけてくれた無愛想な顔で答えた。そして、「蒲田女塚二四七津崎順一郎」と小声で復唱すると、兵隊のようにしっかりした歩調《あしどり》で出ていった。

＊　＊　＊

ところでチョイと我が親愛なるモダンガールならびにモダンボーイ諸君。あたしはちっとも欲張りじゃないでしょ？　あたしはこの事件の報酬としては、それをただ原稿料に換算することをもって満足したのよ。——でもねえ……もちっと原稿料が高いとねえ……。皆さん原稿料の値上げ運動に賛成しない？

隼探偵ゴッコ

一

自動車がむやみと集まって、通行の邪魔をしてやがる。どれもこれもろくでもない格好をした車で、おまけに白っぽく埃《ほこり》を被《かぶ》ってる。

——チェーッだ。低趣味ねえ。

で、ヒョイと見ると、そこは昭和美術倶楽部で、江藤伯爵家の「売り立て」の立て看板が出てた。

と、また一台ご同様な自動車が止まって、中からデクデクに太った紳士が現れた。油ぎった顔に「美術愛好者だぞ」ってな表情を浮かべて、悠然と倶楽部の玄関に向かう。あたしも後に続いた。

玄関には胸に百日草のマーク（もしかしたら菊のつもりかもしれないけれど）を着けた男が三人網を張ってた。そしてあたし達を見るとヘコヘコお辞儀をした。太っちょのことを、「御前《ごぜん》」て言った。あたしのことを、その三人のうちでも勇敢そうな奴が、「お姫様《ひいさま》」って言った。生まれて初めてだわ。きっとお出入りの骨董屋かなんかなのね。馬鹿にしてらあ。

その勇敢な骨董屋を後ろに従えて、あたし達は中へ入ってった。もう九月だったけれど、建物の中はずいぶん暑かった。でも懐中《ふところ》をふくらました紳士があっちこっちにウロウロしているので、あたしはなんだか胸がドキドキしてきた。太っちょの陰に小さくなってたんだけれど、その時、悪い奴が向こうからやってきた。やっぱり見つけちまった。

「やア」その大入道が声をかけた。

「うまい稼ぎ場をめっけたな」

「知らないわ」

人を食った骨董屋もこれには度胆を抜かれたと見えて、あたしの横をコソコソ通り抜けて太っちょに追っついた。痛快痛快。でもとんだ仕事の邪魔が入ったにはうんざりしちゃった。

「やに黒くなったじゃないか」

大入道の津崎さんはあたしを引き止めて、例のとおり駄弁を弄《ろう》しだした。

「いいわよ」

「どうだい、鎌倉の景気は？　うまい仕事でもあったかい」

「およしなさいよ。××新聞社社会部長はもっとおとなしく口をきくものよ」

「ではお嬢様、この絵はいかがでございます？」

「まアお立派でございますこと」

そこには桃李《とうり》が咲き乱れていた。頭《かしら》の赤い両翼《はね》の青鸚哥《あおいんこ》がまん中の枝に止まって、物問いたげに首をかしげていた。漆を点じた眼が今にもくるくる回りそうに見える。

「徽宗《きそう》皇帝の絵じゃなくって？」

「こりゃ驚いた。たいしたご鑑定だ」

「どんなもんでえ」

「ところがお気の毒様。こりゃ偽作《ぎさく》なんだぜ」

「ほんと？」

「うん。でも、表装から何から真物《ほんもの》そっくりだって話だ」

「この心《しん》の軸《じく》の両端にくっついてる石が他と不調和ねえ」

「しかしそれも真物《ほんもの》のとおりなんだそうだ。それに真物《ほんもの》の軸についてる石は、やはり徽宗皇帝御物《ぎょぶつ》の玉《ぎょく》で細工がしてあるんだとか言ってた。それだけでもたいしたものだってえぜ」

そこへ一人の男が小腰をかがめながらやってきた。

「ここでございましたか。先刻からお探し申しておりました」

「それはあいすみません」津崎さんが言った。

「どうかあちらでご休息くださいませんか。お茶なりと入れさしましょうから。へへ。お嬢様もどうかご一緒に」

あたしがしおらしくもじもじしてると、津崎さんが大きな声を出した。

「い、い、い、じゃ一つご馳走になろうじゃないか。大場さん、こちらは松竹キネマのスター山久小《やまひさこ》秀《ひで》嬢。この方は伯爵家の執事の大場さん」

至極あっさりと紹介してしまった。

休憩室の椅子にふんぞり返りながら津崎さんは紙巻《たばこ》に火をつけた。

「いや実に見事な物ばかりですなア」

「どうかよろしくご吹聴《ふいちょう》を……」大場さんはペコリと頭を下げた。

「時に徽宗の軸について妙な噂が伝わってるじゃありませんか」

「はあ、何の間違いですか……まあどうかご内聞《ないぶん》に願います」

「しかし噂はかなり広まってるようですよ」

「はア。まことにはや、困り入りましたことで……」大場さんは顔を曇らした。

二

その日あたしはすっかり津崎さんに邪魔をされて、せっかくのご馳走に手も触れないで、昭和美術倶楽部を出ちまった。でもそんなに口惜《くや》しくもなかった。ていうのが、もともと江藤伯爵家の「売り立て」に出くわそうなんて思いもうけてもいなかったんだし、それに「売り立て」そのものが大変あたしの興味を引いたからでもあった。

ところでそれには少々わけがあるの。

ろくでなしの津崎さんも言ってたように、八月いっぱいあたしは避暑かたがた仕事の都合もあって、鎌倉の方へ行ってた。どんな仕事だって聞かれるとちょっと困るんだけれど、ともかくも避暑地の夏はあたし達の書き入れ時なんだから仕方がない。で、その鎌倉滞在中に、偶然の機会からあたしは幼児《おさなご》を二人連れて自殺しようとしてた未知の未亡人を救った。

未亡人の名は秋子さん、苗字は村山、夫の宗親《むねちか》氏は由緒のある家柄の人だった。ところが頼りになる親戚はみんな死に絶えて、宗親氏自身も悪性の肺病に冒されるようになった。

家運は以前から傾いていたうえ、肝心の主人が枕も上がらない状態なので、家財道具は一つ売られ二つ売られ、宗親氏のなくなる時には値の踏めそうな物といっては、先祖伝来の家宝とでもいったような一軸が残っているだけだった。それは徽宗《きそう》皇帝の桃李《とうり》と鸚哥《いんこ》の絵だった。

ある蒸し暑くて寝苦しい夜、宗親氏は秋子さんを枕元近く呼び寄せた。宗親氏は熱に輝く眼で秋子さんを見つめながら呼吸の静まるのを待って、自分の死期《しご》の近づいたことを告げた。そして自分が死んだなら、あの徽宗の一軸を売って当分のしのぎをつけ、良縁を選んで再び嫁入《かたづ》くように勧めた。

その間にも宗親氏の痩せ衰えた胸から咽喉《のど》を通して、絶えず力のない乾ききった呼吸の音が漏れていた。秋子さんはあまりの気の毒さに、何と返事をすることもできなかった。ただ夫の腕に我が顔を埋めてすすり泣いた。

秋子さんが顔を上げた時、夫はあわてて眼をそらした。それは明らかに妻に涙を隠そうとしたのだった。夫は妻からそらした眼を、傍らに無心に寝ている幼児《おさなご》の上に落とした。

それは生涯忘るまじきシーンだった。夫を、子を、その時ほどに愛しいと思ったことはなかった。秋子さんは二人の幼き者に蔽《おお》いかぶさるようにして、かわるがわる自分の頰を押し当てた。

村山宗親氏は中二日おいて亡くなった。

秋子さん母子《おやこ》の後ろには飢餓が迫っていた。いやでも伝来の一軸を金に換えなければならなかった。しかし亡き夫から聞いたところによると、この不景気の時代になまなかな道具屋などに扱えそうな品でなかった。それよりもこうした頼りない境遇になって、他人《ひと》からみすみす足下を見透かされるのは、秋子さんには耐えられないことだった。

ふと秋子さんに、まるで天来のようにある記憶が蘇った。たしか新聞か何かで読んだような気がするのであったが、それは狂《マニヤ》と呼んでいいほどな、骨董蒐集家《しゅうしゅうか》の江藤伯爵のことだった。秋子さんは、せっぱつまった状態になったからでもあったが、何の仲介もなしに、鎌倉の自宅から上京して伯爵に面会を求めた。

しかし村山家の徽宗の軸のことはその道の人には知れわたっていたので、伯爵は直ちに秋子さんに面会してくれた。そして秋子さんの境遇にすっかり同情した伯爵は、専門家に鑑定してもらうために、その場ですぐに徽宗の軸を預かり、手厚くもてなして秋子さんを帰した。

が、伯爵家からはなかなか返事がこなかった。耐えかねて秋子さんは、再び伯爵を訪問した。伯爵は旅行中だった。三度目に上京した時には、病気で面会を謝絶された。

と、一月半もたってから、伯爵の使いとして執事の大場という人が来た。しかしそれはよくない知らせを持ってきたのだった。秋子さんがすべての望みを繋《つな》いでいた徽宗《きそう》の軸は、ついに偽作と鑑定されていた。秋子さんは今はむしろ恨めしい家伝の一軸を受けとるために、執事に伴われて上京して、鑑定家の永見《ながみ》性光《せいこう》を訪ねた。

その夜遅く秋子さんは鎌倉の家に帰ってきた。絶望のあまり幾度自殺を思いたったか分からなかったのであるが、二人の子供のことを思うとそうもなりかねた。どこをどうたどったとも覚えず、秋子さんはいつか我が家の門《かど》に立っていた。家伝の軸をしっかりと抱きしめて。——夫は偽《いつわ》りを言うはずがなかった。

しかし翌日はその一軸にさえ別れなければならなかった。伯爵の依頼を受けた弁護士が来たのである。

弁護士は一本の束髪の中挿《なかざ》しを示して、見覚えがあるかどうか尋ねた。正直な秋子さんは自分の物に相違ないと断言した。しかしそれがどうしてその弁護士の手にあるのか分からなかった。昨日《きのう》たしか自分の家に置いてったように思うけれど、永見性光の家に落としたような気もするのである。

とつぜん弁護士は、秋子さんに、昨夜《ゆうべ》「伯爵家の土蔵から盗んだ徽宗皇帝の絵」を返却するように勧めた。昨夜の間に土蔵から徽宗皇帝の絵が盗まれた、土蔵の中にこの中挿しが落ちていた、というのである。詳しい事情を知らない弁護士は、一途に徽宗皇帝の絵は土蔵にあったもの、秋子さんがそれを盗んだもの、と思いこんでいるらしい。

もちろん秋子さんは身に覚えのないことを主張した。と、弁護士はすかさず、では昨夜どこにいたかと詰問してきた。秋子さんはそれに対して、弁護士を満足させるような答えを与えることができなかった。弁護士はこのさい秋子さんが素直に徽宗皇帝の絵を返しさえすれば、伯爵は事件を穏便に済ましたい意志であることを告げた。

秋子さん自身も法廷などで争うことは、たとえ殺されても避けたかった。秋子さんは不本意ながら家伝の一軸を弁護士に渡した。

しかし秋子さんは心外でたまらなかった。伯爵ともあろう者が一族郎等《いちぞくろうとう》を率いて、頼りない貧しい女から、その女の唯一の財産を巻きあげた。しかもあんな惨酷《ざんこく》な手段まで用いて！　秋子さんは優しかった夫のことを思った。亡くなる二日前の、あの蒸し暑い夜の夫を、まざまざと心に描いた。

自分は再縁する心は微塵《みじん》もない。そうかと言って、この二人の幼児《おさなご》を抱えて、自分に何ができよう？　それよりも夫にすまない、いや自分自身の心にすまない。——秋子さんは二人の児《こ》を連れて、夜とともに海岸にさまよい出た。

あたしが行き遇わしたのはその時だった。

三

あたしは直接秋子さんの口から、前に述べたような身の上話を聞いた。その時にも気づいたんだけれど、秋子さんはこの世に置くのはもったいないほど単純で優しい人らしい。だけどその身の上話には、何かが、肝心な物が抜かしてあるようだ。でもけっして嘘だって気はしない。

あたしはちょうど東京に一つ隠れ家が欲しい時だったので、鎌倉を引きあげる時に、秋子さんも一緒に連れてきた。そして家を一軒借りて、秋子さんにそこにいてもらうことにした。

ところで昭和美術倶楽部から手ぶらで帰った明くる日、あたしは前の日の話を秋子さんにするつもりで、二人の坊やへのお土産《みやげ》をぶら下げて隠れ家へやってきた。と、玄関に男物のきどった靴がある。

チョ。やな由公《よしこう》だなア。それとも兼吉《かねきち》かしら——

あたしはのこのこ上がりこんだ。

聞き慣れない声がする。あたしは襖の陰に身をしのばした。

「帰ってください、失礼な」襖の向こうで秋子さんの声が高く震える。

「そんなに嫌わなくってもいいでしょう」

男の声だ。

「……」秋子さんの声はしない。

「前にはこれほどでもなかったようですがなア」

そうだ。これが身の上話の中から省《はぶ》かれたあれだ。秋子さんの話したがらない何かだ。

「およしなさいましったら。でないと人を呼びますよ」

「貴女《あなた》にその勇気があるんですか」明らかな嘲笑だ。

「エッヘン」あたしは男のような咳払いをすると同時に、身を翻して戸外《そと》へ出た。

待つ間もなく一人の男が、あたりをキョロキョロ見回しながら出てきた。ヘッ、気がつかないでやアがる。どこへ行くか尾行《つ》いてって見てやれ。

あたしは見え隠れに尾行した。

男は市電の停車場まで来ると、そこにあった自動電話に入った。あたしは電車を待つような顔をして自動電話に近く立った。

話はもうだいぶ進行してるらしい。

「まさかそんなことは……もしもし……」男の声が途切れ途切れに聞こえる。

「……え？　……そりゃ仰せまでもなくずいぶん攻めてもみたんですが……もしもし。やっぱり先日お渡しした物の他に、別に真物《ほんもの》といっては持っていないようです……え？……承知いたしました。ではのちほど」

男は電話を切った。そして、ちょうどやってきた電車にあたふたと飛びのった。あたしも別の入口から乗った。

乗り換えて、また乗り換えて、降りて、十分ばかりも歩いて、男はやっと一軒の家に入った。あたしはその家の表札を仰いだ。へへーン。あたしはくるりと回れ右をした。

表札には、――永見《ながみ》性光《せいこう》とあった。

四

もう大学は始まってる時分だ。それに近頃滝本さんは文学部長だそうだから、きっと出てきてるに相違ない。——あたしは以前女子聴講生として通ったことのあるT大学の前の通りを正門の方に向かってふらーり、ふらりとやってきた。

あたしは大学の美術史の主任教授の滝本さんを訪ねるつもりだった。滝本さんは自分の専門がそうであるばかりでなく、お父さんが明治時代における日本画壇の一方の頭領だったせいもあるかして、鑑定家とか骨董商とか——そういった社会の消息に実に詳しかった。と、その滝本さんが、つい眼の前の唐本屋《とうほんや》からひょっくり現れた。

「先生」あたしはすぐ声をかけた。

「どなたでしたでしょうか?」

どうもはっきり思い出せないらしい。

「先生の『日本美術史』や『南画の源流』のお講義をうかがいました者でございます。研究室の方へもたびたび……」

「あ、久山さん」先生はにっこりして、

「確かそうでしたね?」

「はあ。すっかりご無沙汰いたしましまして……」あたしは言った。

「あの、先生はお帰りあそばすとこなんでございますか？」

「ええ、そこから電車に乗るつもりです」

「ではお伴さしていただきましょうかしら……」

あたし達は正門前から電車に乗った。

電車は混んでいた。あたしは先生に並んで立った。

「先生、たいへん妙なことをお伺いいたすようでございますけれど、永見性光って方をご存じでいらっしゃいませんでしょうか？」

「知ってはいますが……」

「どんな方なんでございましょう？　先生のご遠慮のないお考えを伺わしていただきたいんですけれど……。あの……」

あたしは、はにかんだようにもじもじして、

「私の一身上の大事なんでございますから」

「言っていいことかどうか分かりませんが、そういう事情でしたら言わないのもかえって不親切のようにあたりますから言いますが、まアどっちかと言えば感心した男じゃありません。だいいち職業というのが……さア何と言ったらいいか……偽作を作ることでしてね」

「偽作でございますって？」

「ええ。その方《ほう》では天才と言ってもいいでしょう。私の所へなども、他から、時々あの

男の画いた『親父の真筆』を鑑定に持ちこまれることがありますよ」

「まアそんな……。おかげで助かりました。ほんとに有り難うございました」

あたしは感謝に満ちたような目つきをして先生を見上げた。

「いいえ。別に……」

「先生。それからまたお願いなんでございますけれど、江藤伯爵にご紹介を願えませんでしょうか」

「あの蒐集家《しゅうしゅうか》の……」

「はあ」

「お気の毒だが私も個人としては、まだ相識《そうしき》でないもんだから……」

電車がガタンと揺れた。あたしは先生によろけかかった。

「ごめんあそばせ」

先生の名刺入れらしい物があたしのポケットに辷《すべ》りこんだ。

五

あたしは滝本さんに別れると、その足で永見性光氏を訪ねた。××新聞記者って触れこみだ。

「僕はもう永年の間××新聞を取ってましてね、……」なかなか愛想がいい。

「まあ、左様でいらっしゃいますか。では、こないだうちから連載しております『探偵趣味』っていう欄にお気づきくださいましたでしょうか?」

「ああ、あれですか。たいへん興味を持って読んでいますよ」

「なんですか、近頃、ああいった記事がたいそう受けますようでして……。まあ一種の流行《はやり》って申すんでございましょうね」

「しかし万人に受けるとしたら、そう一概に言ってしまうこともできないでしょう。もっと根底のある、──たとえば現代の社会とか、あるいは人間性そのものの中に源を置いてるんじゃないでしょうか」

「ほんとに、さようかもしれませんね」あたしは相槌を打っておいて続けた。

「実は私もあの方の係をしておりまして……」

「ほう。それは面白いですね」

「それで実は伺ったわけなんでございますが……。あの、昨日、江藤伯爵家の『売り立て』がございましたわね」

「そうだそうですね」

「あのとき呼び物の徽宗《きそう》皇帝の絵が偽作だとかって噂が立ったようでございますが、あのことにつきまして、何かこう──『探偵趣味』の欄の材料になりそうなお話をしていただけませんでしょうか?」

「そりゃ駄目ですよ、ぜんぜん僕に関係がないことなんだから」

「でも今朝《けさ》ほど、あの事件について伯爵家に電話をおかけになったじゃございませんか」

「え？」

「失礼とは存じましたけれど、自動電話で立ち聞きをいたしましたの」

「君はいったい……」

「××新聞の探訪記者でございます」あたしはすまして言った。

「徽宗《きそう》皇帝の桃李《とうり》と鸚哥《いんこ》には昨日陳列されました物の他に、頼りない気の毒な未亡人から伯爵様がお捲きあげ遊ばしました物の他に、も一つ真物《ほんもの》があるんでございますってね」

「立ち聞きしたんならそれでいいじゃないですか」

「ええええ、そこまではね。ですが偽作はいったい誰のお仕事なんでございましょう？」

「そんなことを僕が知るもんか」

「ではお教えしましょうね。未亡人の売りにきた徽宗の軸がただで欲しさに、もっとも伯爵は取り付けにあった関係銀行の整理で金にはご不自由だったんでしょうが、その軸の偽作をお作らせになったんだそうですよ。それを引き受けた不名誉な男をご存じでございませんこと？」

「黙れ！」

「ハハハハ。その不名誉な男は永見性光って方ですって」

「失敬な、帰れ!!」

「そんなに言わないで、も少し相手になってくださいましな、――村山秋子様のつもりで」

「何だと？」

「そら、八月の暑い盛りに鎌倉から、先祖伝来の一軸を受けとりにきた秋子様を、手込めになすったのは、どの部屋でしたっけねえ」

「……」

「あの晩、秋子さん、束髪の中挿しを落としてったでしょう？」

「……」まだ黙ってる。

あたしは最後のとどめを刺すつもりでがらりと態度を変えた。

「てめえそれから伯爵家の土蔵に忍びこんで、いったん納めた徽宗の軸を盗みだし、おい、その場へ中挿《なかざ》しを置いてきやがったろう」

「そんなことはない。僕はあの日外出しなかった。夜の十時頃まで家《うち》にいたことは秋子さんに聞いても分かります。そして戸締まりの厳重な伯爵家に十時以後行けるわけはないんです。秋子さんでないとしたら、宵のどさくさまぎれか昼のうちに、勝手を知った者が取ったんです」

しまった。——あたしは心の中で叫んだ。

最後の鎌はとうとうかけそこなったことを、あたしは認めずにはいられなかった。

六

翌日。午前十一時半。馬鹿にいい気持ちで目が覚めた。昨日《きのう》永見の所からの帰りに、私立探偵の富田達観小父《おじ》さんに頼んどいたことがあるんだけれど、まだ何とも返事はきてなかった。しかし江藤伯爵に申しこんだ面会時間に遅れるといけないので、すぐ外出の仕度に取りかかった。

あたしは昨日《きのう》失敬した滝本さんの名刺に、徽宗《きそう》皇帝の軸についてこの者が心当たりがあるから面会してやってくれってなことを勝手に書き入れて、意気揚々と伯爵家に乗りこんだ。

老伯爵は眼鏡《めがね》越しにジロリとあたしを見た。

「滝本さんのご紹介によると、あんたが徽宗の軸をご存じじゃそうなのう?」

「はあ」あたしは静かに答えた。

「じゃがかの品は、村山秋子という婦人が盗《と》ったに決まっとるようなものじゃで……」

「それは失敬《しつれい》でございますけれど、伯爵様のお考え違いでいらっしゃいます」

「ほう。――それはまたなぜじゃな?」

「秋子様はあの日こちらへは、いらっしゃいませんでした」

「証拠があるかな? なにしろかの婦人は、あの日の行動を明らかに述べることができんそうじゃ。そこが第一に怪しいて」

「それは秋子様ご自身としては、おっしゃりにくい事情がございますけれど、鎌倉から永見さんのお家《うち》へいらっしゃるまでは大場さんとご一緒だったんでございますし、それから先のことは永見さんがご存じでいらっしゃいます」

「すると土蔵に落ちとったかの婦人の中挿しとやらは?」

「それにつきましては」

あたしは一つの冒険を試みる気になった。

「伯爵様、執事の大場さんを呼んでいただけませんでしょうか」

伯爵はすぐに呼んでくれた。

「先日はどうも失礼いたしました」あたしは静かに頭を下げた。

「あの、甚だ突然でございますが。徽宗の軸が盗難に遭った晩、あなたはどちらにいらっしゃいまして?」

「永見の所におったとか言っとったのう?」伯爵が執事に助け舟を出した。

「は」大場さんはかえって迷惑そうにもじもじしだした。

「嘘でしょう?」あたしはからかうように言った。

「あなたは、ほら、村山さんを永見さんの所まで送りつけると、村山さんの所で拾った束髪の中挿《なかざ》しをもって帰ってきたじゃありませんか?」

「けしからんことを言うな」大場さんは真っ青になった。

「控えろ！」伯爵がそれを極《き》めつけた。そして書生を呼んでさっそく大場さんの住居《すまい》の捜索をするように命じた。

大場さんはいくらか生気を回復した。

あたしは見込み違いじゃないかと思って、いささか悲観した。

さっきの書生が帰ってきた。徽宗《きそう》の軸は見つからなかった。

「貴女《あなた》、どうしても見つからんそうじゃが」伯爵は皮肉に微笑した。

「けしからん言いがかりでございます」大場執事も尻馬に乗ってきた。

「しかし」

あたしは度胸を定《き》めて受けとめた。

「お住居《すまい》に隠してあるとは限るまいかと存じます」

「とすれば、どこにあるんじゃろうの？」伯爵が追求する。

とうとう達観小父《おじ》さんは間に合わなかった。

と、そこへ書生が入ってきて、私立探偵の富田達観氏が問題の一軸を持参したことを告げた。

小父さんはすぐ通された。小父さんの後ろには秋子さんが小さくなって従っていた。

「ごめんくださいまし」小父さんは一礼して伯爵に巻物を差しだした。伯爵はするすると繰り広げた。

「間違いはございませんでしょうね？」小父さんは念を押した。

伯爵は大きく頷《うなず》いて、再び巻き納めた。

「やはりその婦人が持っとったんじゃろうのう?」

「いいえ。隣町の質屋に入っておりました。質入人は大場とかおっしゃる方だそうで……」

さっきからもじもじしてた執事は、そっと座を立とうとした。

「動くな!」目ざとく見つけて伯爵が怒鳴りつけた。

「時に」あたしは伯爵に向かって言った。

「その巻物を買っていただきましょうか?」

「何と言われる? これは元来おらの物じゃが」

「いいえ。村山家に伝来した物でございまして、それを……」

「よろしい」伯爵は遮った。そして相当な金額を小切手に書きこんでくれた。

あたしはそれを秋子さんに渡して、巻物を手に取った。

「ちょっと拝見」あたしは、支那式の表装に、普通に見受ける所の心《しん》の軸《じく》の両端に飛びだした部分——徽宗皇帝の御物《ぎよぶつ》で細工したと伝える宝石《いし》——を、手早く抜きとった。

「何を乱暴な!」伯爵は奪い返そうと手を伸ばした。

「だってこの宝石《いし》は」あたしはにっこり笑って立ちあがった。

「あんまり華々しすぎて他と不調和じゃございませんか」

「それにしても取り引きのすんだ以上おらの所有ですぞ」

「じゃ改めて頂戴いたしますわ」

「それが美術鑑賞家のすることか？」

「いいえ。大場さんにお聞きなすってくださいまし」

「この女は女優だそうでございます」大場さんが説明した。

「ナニ、女優？」

「ハハハハ。滝本さんにお聞き遊ばしたら、電車の中で名刺入れを掏《す》られたっておっしゃるでございましょうよ」

「詐欺《かたり》じゃ!!」

「それがどうしたのさ」あたしはテーブルの上の紙巻《たばこ》を銜《くわ》えて火をつけると、プーッと煙を伯爵に吹きつけた。

「同じ孔《あな》の狐じゃアないか、あたしにしろ、お前さんにしろ、そこにいる三太夫にしろ、性光にしろ、ぐずぐず言うなってことさ。え、おい、伯爵。檻褸《ぼろ》が出るぜ」

あたしは二つの宝石《いし》をポケットにしまった。

隼の万引見学

一

花時《はな》は過ぎたけれど、
梅雨《つゆ》には間がある。

今日も快晴。

なにしろ近来懐《ふところ》中加減が素敵なのよ。デ、気を変えて銀座へ行ってみる。

明るくきんきらに着飾ったナンセンス・ピープルが、ゆらりヒョコスカ流れてくる。

流れの上に乗った見覚えのある顔がにやにやする。××新聞社会部長の津崎さんが、職業柄《しょうばいがら》に似合わず悠然と、大きな図体《ずうたい》を運んでくるのだ。が、どうも紳士でない。

「いよォーお秀っ子」ときた。

「また現れたな」

「嫌アだ。お化けじゃあるまいし」

「なるほど生きてら」

「足だってあるわよ」

「そこで銀座をモガモガするか」

「それア洒落？」

「ウフン。ちょっとしたところが、銀座人種はこのとおりウィッティでいらっしゃる」

「いい気なものね」

あたしはいつか津崎さんと肩を並べて、もと来た方へ歩きだす。

「どうだ、着物の好みからしてお秀ちゃんの浅草た段違いだろ？」

「確かに変わってるわね」あたしはニッカポッカの青年を眼で追う。

「ありゃアいけねえ」さすがの津崎さんも苦笑した。

「駒場のリンクと取っ違えているんだ」

「そういう津崎さんも拍車をつけて鞭を持って、自動車に騎乗して競馬へ行くんじゃない？」

「馬鹿言え。俺なんか懐手で金儲けに行くんだ」

「嘘ついてら。損ばっかりしてるくせに」

そのとき小間使《こまづかい》風の女を連れたどこかの令夫人が、のろのろ行くあたし達の横を、すっと通りすぎた。津崎さんはさっそく肘であたしをこづく。

「そーら見ろ」

なるほど丸髷《まげ》から着物の柄から着こなしから、寸分の隙もない。

「誰だか知ってるかい？」津崎さんはまた遠慮のない声を出す。

「誰《だ》アれ？」

「銀座名物、◎◎会の大川代議士の妻君だ」

「そんなに始終《しょっちゅう》銀座へ出てくるの？」

「うん。ひとつ尾行《つ》けてみようか」

「およしなさいよ。奥さんに叱られてよ」

「嬶《かか》アなんかに構っちゃいられねえ。たいした興味のある代物なんだ」

「嫌アだ。津崎さん恋してるの？」

「馬鹿ア言え。あの女は万引の大家なんだ」

「万引の？」

「うん。もっともこいつア銀座雀も知らないだろうと思うんだがね」

「津崎さんどうして知ってるの？」

「新聞と警察とは、ちゃアんと連絡が取れてらアね」

「捕まったことがあるの？」

「幾度もある。もっとも見つかりゃ代は払うんだし、ご身分柄いつも内済《ないさい》さ」

「へえ。それでいてまだやってるの？」

「やってるらしい。もっとも大川代議士ったら有名な金満家だし、あの妻君、まア病的なんだね」

「かわいそうね」

「同病相哀れむかい？」

「お気の毒様。万引なんか致したことはございません」

「少なくとも捕まるようにはねえ」

「どういたしまして。お門《かど》違い」

「なるほど掏摸《すり》ならお隣同士か」

「オット……」

「左様なことは銀座にては申さぬものにて候《そうろう》」

「……でもないけれど、大川夫人を見失ってよ」

「ご隣家《りんか》と聞いてやに熱心になったな」

「違《ちげ》えねえ」

あたしは津崎さんと腕を組む。いとも楽しき恋人ではない親子のように。

ツイツイ、どたりどたり、と歩《あし》を早める。

――のどかなる銀座の午後《ひる》。もくもくと塵埃《ほこり》が舞う。

アッシュのステッキ。

メリヤスのコート。

ペカペカのまがい御召《おめし》。

暑くるしいルパシカのマルクスボーイ。

かと思うと気早なパナマ帽。

時代おくれの、物欲しそうなラッパズボン。

サキソニー。ホームスパン。

人絹《じんけん》。人絹。人絹。人絹。

——その人波を押し分けて、大川令夫人の跡を慕ってあたし達は白越《しろこし》百貨店に辿《たど》りついた。

二

「さアて。どこへ雲隠れ遊ばしたかな」

津崎さんは玄関を入ると、大きな図体をぐんと伸ばした。見事な展望ぶりだ。

「うふーん。いたいた」

それからあたしに目くばせして、その方に向かって突進した。

大川夫人は呉服類や小間物の前へ来ると、なかなかそこを立ち去ろうとはしなかった。手に取っては眺め、眺めては置き、置いては取りあげ、また下に置く。春の日永を悠々と練ってゆく。あたしはとうとう音《ね》をあげちまった。

「もうよそうよ。つまんないや」

「うん。あきたなア」津崎さんも賛成した。がそこを離れようとして、また足を止めた。

「お待ちよ。なんだか面白くなりそうだから」

「やって?」

「そうじゃねえ」津崎さんはそう言って頤《あご》をしゃくった。

いつの間にか大川夫人から一間《けん》ばかり離れて、縞物《しまもの》のリボンをつけた帽子からウイローの短靴に至るまで、理想的なモダンボーイが立ってる。

「見当がつくかい？」津崎さんが聞く。

「同業か何かなの？」

「そうじゃねえ」

「そんなら若き燕？」

「いや、刑事だよ」

「え？」

「○○○署の刑事なんだ」

「やに光ってるのね」

「白越《ここ》らあたりのお為着《しきせ》なんだろ。百貨店《デパート》専門だってえから」

「ポケットにコンパクトでも忍ばしてそうね」

「ほんとに忍ばしてるかもしれない」

津崎さんはフフと笑った。

大川夫人は刑事に気づいたのか、それとも偶然か、既に歩きだしていた。やはり一間ばかり離れて、ジャズを口笛でやりそうな格好で刑事が従った。あたし達はさらに二間ばかりおいて、二人に気づかれないようについていった。

「いつだったか、あの刑事自身の口から聞いたんだが」

津崎さんは真面目な調子で小声に言った。

「ああした勤務《つとめ》をしてると目がだんだん肥えてくる。それに周囲《まわり》が周囲だし、たといお為着《しきせ》にしろあのとおりの服装《なり》だろ、——なんだか自分があっぱれ若紳士になったような気がするそうだ。ところが家《うち》へ帰ると妻君は襤褸《ぼろ》を下げてる、子供は泥ンこになってる、……」

「津崎さんは同病相哀れむ」

「おい情けない所で仇《かたき》を討つなよ」

「それからどうしたの？」

「それで昼間持ち場へ行きゃ、自分の半年か一年の俸給に当たるくらいな品、中には一生の収入よりもっとになりそうなのがザクザクしてる。しかもそれを万引する奴を看視するのが役目なんだから、——変に矛盾した気持ちになるそうだ」

「まったく同情するわね」

「オット。相哀れむが、お秀っ子の方へ盥回《たらいまわ》しだな」

「フフフ。総理大臣の椅子みたいね」

あたし達はいつか宝石だの貴金属だのの陳列の前まで来た。

大川夫人は例によって、店員たちにいろいろ持ちださして、念入りに見比べはじめた。

刑事は物騒になってきたのか、自分でも買い物をするようなふりをして、夫人のそばへ寄っていった。

しばらくすると夫人は、小間使に何やら囁《ささや》いた。

小間使はすうっとそこを離れた。刑事は予期したことが起こったのを悟ったらしく、にたりとした。と、小間使は店員の一人を呼んで、何やら耳打ちをした。

店員はそのまま急ぎ足にどこかへ立ち去ったが、間もなく監督らしい男と一緒に帰ってきた。

監督らしい男は、愛嬌となれなれしさと好意を満面に浮かべながら、刑事の前に立った。

あたしは事件がだんだん面白くなってきそうなので、ずかずかと夫人と刑事の後ろまで進んでいった。

しかし監督らしい男はあたしを認めると、表情を硬直さしてピタリと口を閉じてしまった。おまけに店員や大川夫人までがじろじろあたしを見るので、たじたじとなって津崎さんの所へ帰ってくると、不良壮年め、嬉しがって拍手の真似をしてやがる。あたしは津崎さんをむりやり引っ張って、そこからこそこそ逃げだした。

「アハハハ、今のは痛快だったな」

「知らないわよ」

「お秀っ子でも赤くなることがあるんだな」

「大きにお世話」ツンと横を向く。

と、いつの間にか監督らしい男を先頭《さき》に、刑事、大川夫人、小間使、店員の順で、エレベーターに乗ろうとしてる。

「ちょいと津崎さん」

「何だ？」

「君、新聞記者だから、なんとかうまく交渉して、あの連中についてってみない？」

「どうせここまで漕ぎつけたんだから、じゃ一つご苦労ついでについてってみようか」

「ええ、きっと面白いわ。ね」

あたし達もエレベーターの方へ歩いていった。

三

二階の喫煙室で待っていると、狐につままれたような顔をして、津崎さんが地下室から帰ってきた。

「どんなだって？　やっぱりあの奥さんがやったの？」あたしはさっそく聞いてみた。

「うん」津崎さんはいっこう煮えきらない。そして、

「まア外へ出てから話すことにしよう」って言う。

二人はすぐ外へ出た。そして、しばらくは無言のまま、華やかな流れにもまれながら歩いていった。

三町ばかり来た時、××新聞社の方へ行くために、あたし達は銀座通りから横に折れた。

「実はまるで不得要領なんでね」津崎さんがこの時はじめて口を切った。

「なんでも、はじめ大川夫人が、あの刑事がダイヤ入りの指輪を盗むところを見つけたんだそうだ」

「さすがに大蛇《だいじゃ》の道は蛇ね」

「うん。そして夫人が小間使に、そのことを店員に告げさしたんだそうだ」

「いつもと反対《あべこべ》になったわけね」

「まアそうだ。夫人は、自分の病的な悪癖をあの刑事が利用して、罪を自分に被《き》せようとしたんだ――ってな意味のことを、くどくどとヒステリカルな声で述べたてるんだ」

「それで万引刑事は恐れ入ったの?」

「そいつがおかしいんだ。はじめは……こっちの気のせいかもしれないが……馬鹿に狼狽《ろうばい》してるように見えたんだけれど、だんだん頑固になって、結局どうしても万引を認めないんだ」

「で、指輪は出てきたの?」

「出ないんだ。自発的に刑事の身体検査をやったんだけれど影も見えなかった」

「そりゃ刑事だもの。どこか特別の隠し場所があるんじゃない?」

「その点は大丈夫だ。○○○署の署長が来て立ちあったんだから」

「署長が?」

「うん。大川夫人が電話を掛けさしたんだ」

「夫人の方は検《しら》べたの?」

「いいや。それで気がついたんだがね。〇〇〇署長は◎◎会系統の男なんだ。だから◎◎会の有力者大川代議士の令夫人には頭が上がらないんだ。夫人はそれを見込んで、自分で万引をしときながら、以前捕まった恨みのあるあの刑事を陥れたんだ」

「じゃアあの刑事は、実際は万引をしてなくっても、どうかされるの？」

「むろん免職さ」

「ずいぶん目茶ね」

「うん。しかし指輪が出てこないんだから、いくらなんでも、それ以上どうすることもできないだろうと思うね」

「だけど大川夫人の言う方が本当だとしたら、どんな罰を食っても仕方がないわね」

「しかしやっぱり免職ぐらいで済ましといてやりたいなア」

「どうして？」

「第一そうした罪を犯す刑事の心持ちには、お秀ちゃんだって同情できるだろう？」

「そりゃそうだけれど……」

「ところが大川夫人の密告には、どうしたって好意が持てないじゃないか」

「それで津崎さんは、さっき刑事を助けてやったの？」

「え？」

「しらばっくれてやアがら」

あたしは津崎さんのポケットへ手を突っこんで、ダイヤ入りの指輪を摘《つま》みだした。

「ア……」津崎さんは目を丸くした。

「じゃさっき陳列の所で夫人や刑事の後ろへ寄ってった時に……」

「ええ。刑事のポケットから失敬して、ちょっと津崎さんに預けといたのよ」

あたしはちょうどそこへ疾走してきた電車に飛び乗った。そして車掌台から半身のりだして、ダイヤの指輪の輝く腕を高く、二たび三たび、津崎さんに向けて打ち振った。

「アハハハハハ。どうもご苦労さまアー」

隼いたちごつこの巻

一

「姐《ねえ》さん」と建て付けの悪いガラス戸をガタピシ開けて入るなり、オイトコの由公《よしこう》は世にも情けない声を出した。

「俺《おら》、くやしくってならねえ」

そこは浅草のあるケチなバーで、——と言ったところで、（ハハーン、秀っぺも緊縮《きんしゅく》だな）——なアんて早合点しちゃいけない。いったい（緊縮）なんてもなア、（越中）同様褌《ふんどし》の名につけるか、

時世《ときよ》時節じゃ手をとって
ソレ緊縮緊縮緊縮しよ

って、西条八十《さいじょうやそ》先生みたいに茶化すよりほか使い道がないように思うんだけれど、——しかし、しかし、あたし金解禁には賛成なのよ。というよか実行家なの。嘘だと思うならあたしのポケットを覗《のぞ》いてみるがいい。善男善女の蟇口《がまぐち》が、自由自在に出たり入ったりしてらア。

だけど、どの蟇口の中にも正貨はないようだから、やっぱり解禁てことにはならないかしら。でもあたしは、平常《ふだん》は金貨を使わせない方がいいと思う。なぜって、皆がそれを削

って、入れ歯にするといけないもの。

失礼な——って？　そ、そ、そりゃそうよ。あなた方モボやモガはそんなことしやしないわね。でも世の中には、××××だの××××だの××××だのって人間がいるんだもの。油断も隙《すき》もなりゃしないわ。

そこへもってくると、あたしたち職業人《しょうばいにん》はきれいなもんだ。このケチなバーへ来るんだって、同じ仲間のお君ちゃんが女給に住みこんだので、その後援に日参をしてるんだもの。オヨソ金離れはイチリュウよ。

で、今日もそのお君ちゃんと、お客様のあたしと兼吉《かねきち》が一緒になって無駄を喋《しゃべ》ってるところへ、由公がよろけこんだってわけだ。

「……俺、くやしくってならねえ」

「おお、おお」さっそく兼吉が乗りだす。

「よその小父《おじ》ちゃんが、坊やをなめましたかい？」

「小父《おじ》ちゃんじゃなくって、姉《ねえ》ちゃんだわね？」

お君ちゃんも仲間に入る。

兼吉「姉《ねえ》ちゃんになめられりゃ坊やは喜ばアねえ？」

お君ちゃん「それじゃおしっこを漏らしたのかしら？」

「よせやい」由公は半べそで憤慨する。

お君ちゃん「分かった。お友達にいじめられたのね？」

あたし「由公は弱虫だから、皆で一緒に睨《にら》んでやりましょう。めめえっ――てね」

「フフフフ、いやだア」今度は由公泣き笑いだ。

「姐《ねえ》さんまであんなこと言うんだもの」

「おや。涙を流してやアがら」顔はおっかないけれど、兼吉なかなか友達おもいだ。

「ほんとにどうかしたのかい？」

「うん」由公は右の袖を肩まで捲くりあげて、

「見てくんねえ」

「ちっと腫れてるようだな」兼吉が指でちょっとつっつくと、

「アッツツツ」由公は顔をしかめて飛びあがった。

「そんなに痛えのか？」

「痛えのなんのって……。だいいち動かすことができねえんだ」

あたし「いったいどうしたの？」

「どうって――お話にならねえんです」由公は悄気《しょげ》返って、小さく、

「だからくやしくって――」

「喧嘩だな。対手《あいて》は誰だい？」兼吉が意気ごむ。

「見たこともねえ奴なんだ」

「他所《よそ》から荒らしにきやがったんだな？」

「ううん」

「不良青年《ふりょう》かい？」

「ううん」

「他所《よそ》の掏摸《やつ》でもねえ、不良青年《ふりょう》でもねえって、――じゃしろうとかい、、、？」

「まアそうだ」

「チョッ。だらしがねえなア」

「そんなことを言ったって無理だよ。オヨソイサマシイ奴なんだ。腕を摑まれた時にゃ、お仁王様かと思ったぜ」

「さては手前《てめえ》、観音様のお賽銭《さいせん》をくすねやがったな？」

「え？」

「だからお仁王様が怒ったのよ」

「じょ、じょうだん言うなよ。まだ渇しても盗泉《とうせん》の水は飲まねえ」

あたし「何だってまた、そんな化け物にかかりあったんだい？」

「だってあんまりそり返ってやアがったもんだから」

由公はこう言って、（くやしくってならねえ）一件を話しだした――

思わしいカモにも出会わないので、いい加減うんざりして由公が帝国館を出ると、向こうから羊羹色《ようかんいろ》の紋付《もんつき》の羽織に破れ袴、面《つら》から格好からお仁王様の申し子みたいな奴が、あたりを睥睨《へいげい》しながらやってきたそうだ。

浅草には場違《ばちが》えの、しかもアナクロニズムの存在のくせに、己《うぬ》が天下ってな、その傍若無人《ぼうじゃくぶじん》ぶりが、由公の癇にぐっと障った。

どうせ懐中《ふところ》はピイピイだろうが、万が一吉原《なか》へでもノスとこだったらめっけものだ、何のたかが田吾作がって了見で、ちょうど日暮れなり人通りは多いし、正面からドンと当たって燕返しに踏みだそうとした――途端に弱腰を朴歯《ほおば》で蹴られた。くやしいが四つン這い。起きあがろうとするところを、今度は手首をぐっと摑まれた。

「放せ、やい放さねえか。――殺せ殺せ、殺すなら殺せ」由公はもう自棄《やけ》だ。

周囲《まわり》は人垣。と、それを分けて、

「おいおい、乱暴しちゃいかん」と聞き覚えのある声がして、高山刑事《さん》が入ってきた。

由公は地獄で仏に会ったような気がしたそうだ。

しかし高山刑事は由公を助けてはくれなかった。あべこべに、こいつは掏摸《すり》の常習犯だとか何だとかよけいな吹聴《ふいちょう》までして、そのあげく警察署へ引いていこうとした。そうするとその仁王の申し子め、

「そりゃ君無駄じゃよ」と、大風《おおふう》に止めて、

「出てきたらまたいたずらをするじゃろ。それより我が輩が、二度といたずらのできんように懲らしめてやろう」と、摑んでいた手をぐい、ぐい、ぐい、と捩《ね》じあげた。

ボキ――と無気味な音。

「あっ――」顔色を変えた由公を、ドッと突き放した。

「覚えてろ?」

「いつでも対手《あいて》になってやる。ワッハッハッハ——バチルス〔Bazillus＝害するもの、細菌〕め」

野次馬のなかば嘲笑、なかば憐憫《れんびん》のささやきを後ろに聞いて、由公はすごすごその場を立ち去った。五六間《けん》行って振り返ると、高山刑事はその暴力団からまだなんだか聞きとっては手帳に書きとめていたが、やがていとも丁重にお辞儀をして、右と左。今度は由公めがけて早足に来る様子だ。由公は風を切ってすっとんだ。——というのだ。

「そりゃいけない。早くお医者に診《み》てもらわなくっちゃ」

「だけど姐《ねえ》さん、どうせもう駄目なんだ」

「そんなこたアないよ」

「しかも右なんだ」由公はますます悲しそうに、

「俺《おら》、いったいどうなるのかなア」

「そんな心配をする奴があるかい。ね、ここは××でも××でもないんだよ」

「え？」

「どんな不具者《かたわ》になったって、目腐金《めくされがね》で馘首《くび》になることもなきゃア、まして売薬の押し売りなんかアさせねえから、養生して早くよくなっておくれよ」

あたしは由公を急《せ》きたてて、すっかり暗くなった夜の町へ出ていった。

二

最寄りの医院の前で由公に別れたあたしの足は、知らずしらず仲見世《なかみせ》の方へ向かっていた。（暴力団の田吾作め、どこへ行きやアがったんだろ）——そんなことを考えていた。目の前がパッと明るくなった。仲見世だ。石だたみをぞろぞろ人が流れてゆく。呑気《のんき》そうでいて、どこか落ち着かない足取りだ。あたしもそのまま巻きこまれて、御本堂の方へ押し流されていった。

「おい」ばったり高山刑事《さん》に行き遇った。

五六人、あたしたちの方を振り返りながら行く。

「おや。旦那もお参りですか？」

「ああ」

「今お帰りなのね。あたしこれからよ。さようなら」

「ウウ、いや」高山さんはいささかあわてて、

「俺はお百度を踏んでるんだ。そろそろこの辺から引っ返すかな」

「へへーン。何の願掛《がんか》け？」

仕方がない、歩きだす。

「俺だっていろいろ願いごとがあるさ」

「旦那の願いごとなら、せいぜい月給が一円も上がりますようにってことか、でなけりゃ隼が捕まりますようにって――まアそんなとこね。でも旦那みたいなドジじゃ、どっちも当分見込みはなくってよ」

「馬鹿にするな」

そう言ううちに、あたしたちは仁王門をくぐって観音様の境内に入った。突然あたしたちの横で、

「ねえ、やアさん」と嬌声《きょうせい》がする。お参りして帰りらしい一組で、旦那らしい紳士に並んだ芸者が、後ろを振り返って呼びかけたのだ。

「あなたからも旦那にお願いしてよ。あたしどうしても松竹座に行きたいんだもの」

「国士に向かって失敬なことを言うな」用心棒といった格で、二人の後ろからのそのそ行く壮漢の答えだ。

「先生。御国《みくに》のために一大事を決行しようという際に、女風情の言うことは聞けませんなア」

「大きにそうだ。が、まア……」

あとは聞こえない。もう門を過ぎていってしまった。

「ちょいと」あたしは高山さんの袖を引いた。

「あの大男の書生っぽを知らない?」

「ウウ、いや」

「由公の腕を折ったなアあいつじゃない？」

「知らないね」

「だって旦那は、その場に居合わしたんでしょ？」

「そりゃそうさ。だが今の男じゃなかったよ」

「そんならいいけれど――」

あたしは御本堂の踏みへらされた階段を上って、遠く薄暗い内陣に向かって合掌した。それからお賽銭《さいせん》を投げて降りてくると、高山さんが待ち構えたように、

「いやにご信心だな」

「ええ、旦那のために拝んできてあげたの」

「どうか刑務所《べっそう》へ行きませんようにって、拝んだんじゃないのかい？」

「どういたしまして。今後旦那がそんな見当違いをしませんようにって拝んだの。そしてね、由公みたいな真正直な人間に、危害を加える暴力団を、どうか取り締まってくれますようにって頼んどいたの」

「変なことを言うじゃないか。ありゃ正当防衛だぜ」

「へえ、掏摸《すり》に対してあんな正当防衛があって？」

「そうさ。今度っから、正当防衛の解釈が広くなるんだ」

「そうそう。そんなことが新聞に出てたわね。でもありゃ強盗の場合じゃないの？」

「生意気《なまいき》言うな」

あたしはもう対手《あいて》にならないで、公園の方に向かって歩きだした。高山さんは相変わらずのこのこついてくる。

「ちょいと旦那。もうお百度はやめたの？」

「うん。貴様を尾行する方が大事だからな」

「そんなに女のお尻ばかり追っかけてるから、強盗になめられるのよ」

「何だと？」

「ご覧なさいな、一晩に強盗二十件だって。それで頬返しが付かないもんだから、正当防衛の広義解釈とおいでなすった。――よかったわね」

「駄目だよ、何てったって。貴様の現場《げんじょう》を押さえるまでは今日は離れないんだから」

「そうまで見込まれちゃ仕方がない。じゃご一緒に活動でも見ましょうよ」

「よかろう」

あたしたちは電気館に入っていった。

まず掏摸心得第五条に従って、館内を見渡す。八分通りの入りだ。これならよし、――と周囲《あたり》を見回す。ちょっと有望なのが一人見つかった。するするとその方へ進む。

高山さんは感心についてこようとはしないで、熱心にスクリーンに見入っている。もっともこれは表面《うわべ》だけで、実は断えずあたしに目をつけてるのに決まってる。――そんな策《て》に乗ってたまるものか。――あたしも負けずに熱心に観賞しはじめた。

「ボーベラ博士のラメデタ」とかいうオールトーキー。なかなか愉快な与太っぺだ。

——湧き返るような哄笑《こうしょう》、拍手。その空気を、ジャズがそばからひっかき回してゆく。たちまち館内には不思議な動揺が立ちこめた。こめて、こめて、飽和状態に達したと見えた時、映画が終わって、館内は一時にパッと明るくなった。それはあたしが、いとも不手際に目的の蟇口《がまぐち》を引っこぬいた後だった。

「おい」いつの間にか後ろに高山さんが立っていた。

「隼。とうとう年貢の納め時がきたぜ」高山さんは嬉しそうに言った。

「へえ。いったいそりゃ何のこと?」

「とぼけるな」一つきめつけておいて、高山さんはあたしの前にいた紳士に丁寧に言った。

「蟇口がなくなりはしませんか?」

紳士はあわててポケットに手を入れたが、たちまち顔色を変えて、

「あ、ないです」

「聞いたか?」高山さんは得意になってあたしを見下ろした。

そのとき館内の電灯《あかり》が消えて、次の映画が始まった。周囲から——シーッ——という声が起こる。高山さんはそれにには構わずに、あたしの身体検査を始めた。しかし蟇口は出てこない。

出ないはずだ。抜いたと見せた蟇口は、紳士の反対の側のポケットに返したんだ。——敵は本能寺にあった。

果たして紳士がおずおずと申し出た。

「失礼しました。蟇口はこっちのポケットに入っていました」

「そらごらんなさい」あたしは高山さんに食ってかかった。

「この始末をどうしてくれるの？」

「勝手にしろ」

本能寺の高山信長卿、すっかりカンカンになってしまった。思う壺だ。怒ってる奴くらい始末のいい者はない。あたしは高山さんをうっちゃらかして、どんどん館を出てしまった。

電気館を出て通りを一つ、――二つ曲がって三つ目を曲がろうとするところで、後ろを振りかえった。さすがの高山さんももう尾行《つ》けちゃこない。怒ってる奴アまったく始末がいいや、――あたしはポケットから手擦《てず》れのした手帳を取りだした。電気館を飛びだす時、カンカンの高山さんから失敬したんだ。あたしはその手帳を繰りひろげながら、ゆっくりした歩調で歩いていった。

由公は高山さんが、書生ッポ暴力団から何か聞きとって、手帳に書きつけていたと言った。あたしは何か手掛かりが見つかるかもしれないと思ったので、苦心して手帳を手に入れた。しかし由公に関しては、別に何も書いてはないようだ。がっかりしながら、あたしは書き入れの最後――牛込区赤城下町三七矢田八郎――というところまで読んできた。と、あたしは我知らず呼吸《いき》を呑んだ。観音様の御本堂の前で聞いた芸者の言葉を思い出したのだ。――やアさん――確かにやアさんと言った。

そう言えば羊羹色《ようかんいろ》の紋付《もんつき》、お仁王様みたいな大男――ってところも、由公の言葉のとおりだった。

あの芸者、たしか松竹座へ行きたいようなことを言ってた。もしかしたら本当に行ってるかもしれない。――ウム。

あたしは松竹座の方へ足を早めた。

三

松竹座に入ってみると、三人とも正面特等席におさまっていた。由公は大して持っていないようなことを言ってたが、あたしの見るところでは、あの暴力団、確かに大金を持っている。あるいは由公を痛めつけた後、あの芸者の旦那らしい紳士からでも、貰ったのかもしれない。――あたしは嬉しくなって、いとも晴れやかな気持ちで場内を見回した。

と、これはまた何としたことだ！　いつの間にか高山さんが、はるか向こう側に来ている。手帳の一件があるので、あたしは少なからず参った。さりとて手帳を足の下に踏みにじるのも可哀相だ。あたしは手を高く打ち振って、こっちで高山さんを認めた合図をした。こうしておけば、いかに高山さんだって、まさかあたしが手帳を身につけてようとは思うまい。

幕がしまった。ふと気がつくと、三人組はそわそわしながら立ちあがってる。もう帰るのらしい。逃がしちゃア大変だ。あたしは素早く劇場の外に飛びだした。

待つ間もなく三人は出てきた。旦那らしい紳士は、タクシーを呼んでそれに乗った。

窓から顔を出して二言三言。暴力団が大きく頷《うなず》く。

その時まで名残を惜しんでいた芸者が、自動車《くるま》から身をひく。

自動車は出た。

残った二人は、挨拶を交わして別れる。

高山さんはまだ出てこない。

今だ！　人通りも相当ある。

あたしはツツ、ツーッと寄って、大男の懐中《ふところ》に手を入れた。先方《むこう》が気づくのは承知の上だ。何の、たかが田吾作暴力団め、憚《はばか》りながら隼の姐《ねえ》さんだ。

サッと身を捻《ひね》る。毛脛《けずね》が飛んだが、スカートを掠《かす》ったばかり。

もと来た方へ一散――。

と、劇場の出口に高山さん！　後ろから躍りかかって、

「掏摸《ちぼ》じゃ！」

そいつを躱《かわ》して、逆に出る。

時に、ヒラリと目の前に友禅の袂《たもと》が翻って、

「ちょいとやアさん、何をするの？」

婀娜《あだ》な姐《ねえ》さんがあたしを囲って手を広げた。あたしはその陰に小さくなる。

「どけ！　そいつは掏摸《ちぼ》じゃ！」

「嘘よ、あたしの友達だわ」

「馬鹿なことを言うもんじゃない」と言ったのは、この時やっと追っついた高山さんだ。

「おい隼。今度こそは観念しろ」

「誰が観念なんかするもんか」あたしは乗りだした。

「おとなしくしてりゃ勝手な熱を吹くわね。やい田吾作。こかア浅草だよ。手前《てめえ》の間抜けたその面《つら》で、今まで財布が無事でいるかい」

「ウヌ」

「何だ、また牙《きば》を剥いたね。だからさっきもゴリラと間違えたのさ。あたしゃア脅えて逃げようとしたんだよ。そうすると追っかけてくるじゃないか。こいつてっきり色狂《いろきちげ》えだと、死身《しにみ》になって逃げたのさ。嘘と思うなら野郎ども、憚《はばか》りながら臭《にお》いはねえ。一枚一枚ひっぱいで、念の晴れるまで検《しら》べておくれ」

あたしは男二人の間に身をすり寄せた。

「その代わりにゃア、やい田吾作。江戸の水で磨いた玉の膚《はだ》、拝んで盲目《めくら》になりやアがるな」

キリキリと、歯を嚙んでくやしがる暴力団を、——さすがに場慣れた高山さんだ、——まアまアと制しておいて、身体検査をはじめた。しかし結局どのポケットからも、怪しい物は現れなかった。

「旦那。素几帳面《しらきちょうめん》な人間を一日《いちんち》に二度も検べるなんて、旦那も焼きがまわったわね」あたしは穏やかに言った。

「この方は始めっから、何も持っちゃいなかったのよ」

「ご覧のとおりの始末ですが、……」高山さんは当惑した様子で暴力団を見る。

「馬鹿なことを……。袱紗《ふくさ》に包んで、懐中《ふところ》に入れていたんじゃ」

暴力団め、まだ頑張ってるが、さっきまでの様な威勢はない。

「のう、清香君《きよか》」と応援を求める。

「そんなこと、あたし知らないわ」姐《ねえ》さんはツンとする。

「いや、確かに持っとった」まだ諦められないで、今度は高山さんに訴える。

「しかも君、先刻青二才を捻《ひね》った時と違って、大金だったんじゃ」

「しかしこの女が持っていないことも確かです」高山さんも意固地だ。

「イヤそのうち、誰か警察へ届けてくるかもしれません。そうしたら早速お知らせしましょう」

「ちょいと。あたしもう無罪放免でしょう？」あたしはくるりと背を向けた。

「どうかごゆっくり」そのまま、すたすたと立ち去った。

しばらく行って振り返る。書生ッポ暴力団と高山さんの姿はもう見えない。

遥か向こうに急ぎ足の姐さんの後ろ姿。

と、横合いからツツと出た、肩から包帯で右腕を吊った、青年一人。ドンと後ろから姐さんにぶつかる。

よろよろと前に游《およ》ぐ婀娜《あだ》な姿。

その背と帯の間から、早くも青年は袱紗《ふくさ》包みらしい物と、他に一品抜きとった。あたしは踵《きびす》をかえした。

「由公の奴、いつの間に尾行《つ》けてやがったんだろ」そして、いそいそと市電の乗り場の方へ歩いていった。

解題

横井司

日本最初の女性探偵小説作家と目される松本恵子（1891～1976）が、最初、中野圭介・中島三郎などの男性名義で活躍していたのに対して、男性作家が女性名義で活躍していた例が、ここに戦後初の作品集が編まれることになった久山秀子である。

久山秀子は、その本名・経歴ともはっきりしない。『現代大衆文学全集』第三五巻（平凡社、一九二八）巻末の「著者自伝」には「明治三十八年五月一日、東京下谷に生まる。未婚」とあるのみで、中島河太郎もこの情報に基づいて、一九〇五年生まれとしている。ところが、中島が著した各種レファレンス・ブックの記述を詳細に追った細川涼一「久山秀子・一条栄子覚え書き――日本最初の「女性」探偵作家」（『京都橘女子大学研究紀要』第三〇号、二〇〇四年一月）によれば、中島は、久山の本名を最初「片山襄」と記述していたが、後に「芳村升」と訂正（『探偵趣味』〔後出〕一九二七年一月号掲載の同人名簿には、連絡先が「東京市外中目黒九六六片山方」と記されているが、『シュピオ』三七年五月号掲載の「探偵文壇住所録」には、「神奈川県金沢町瀬山寄三一一上《ママ》村方」となっている）。経歴についても、東京帝国大学国文学科卒業後の、国語教員としての勤務先が、海軍兵学校→海軍機関学校→横須賀の海軍経理学校というふうに変遷しているのだという。細川の調査によれば、海軍兵学校の英語教員として芳村升の名前が見出せるそうだが、こうなると国語教員というのも、なにやら怪しくなってくる。

一九二五（大正一四）年、『新青年』に「浮れてゐる「隼」」を掲載して探偵作家としてデビュー。浅草を縄張りとする若き女掏摸・隼お秀を主人公とし、当人自身が事件の顛末を語るというスタイルの本作品は、女性作家だという物珍しさも手伝ってか、たちまち人気シリーズになり、

『新青年』の誌面をたびたび飾ることとなった。デビュー後しばらくして、関西の探偵小説愛好家の手によって組織された探偵趣味の会にも参加し、同会の機関紙『探偵趣味』へ精力的に作品を発表していった。江戸川乱歩『探偵小説三十年』（岩谷書店、五四）には、探偵趣味の会が中心となって二六年に行われた探偵寸劇の集合記念写真が掲げられており、久山の顔を確認することができる。少なくとも当時の探偵作家の間では久山が男性であることは知られていたことになるが、メディア上では徹底して女性であることを擬態し続けた。唯一の著書といえる『日本探偵小説全集』第一六篇（改造社、二九）の巻頭には、著者近影として和装の女性の写真を掲げており、その徹底ぶりには脱帽させられる。

一九三七（昭和一二）年の「隼銃後の巻」まで、二〇編を超える隼ものの他、若干のノン・シリーズの短編を発表している。だが、次第に戦争へと進む時代状況の中、ユーモアと反骨精神に富んだ作風を展開するのは難しいと考えたのか、翌三八年を最後に、作品が発表されることはなかった。そのまま筆を絶ったかと思われたが、戦後も十年を過ぎた五五年になって、『探偵倶楽部』に捕物帳を断続的に発表し始める。しかし七編を発表したのみで、再び筆を断ち、その後は消息が知れないまま、現在に至っている。著書には、昭和四年までに発表された作品をセレクトした前掲『日本探偵小説全集』第一六篇があるが、これは浜尾四郎との合集であった。単独著書としては本書『久山秀子探偵小説選』が初めての刊行となる。

隼お秀シリーズは、ジョンストン・マッカレー Johnston McCulley（米、1883～1958）が創造した地下鉄サム Thubway Tham シリーズにインスパイアされて書かれたものと目されている。タイトルは、本来なら Subway Sam となるところだが、ニューヨークっ子の訛りを表すために右のように表記したものである。ニューヨークの地下鉄を縄張りに掏摸として活動するサムと、彼を追うクラドック探偵との、丁々発止のやりとりを描いたユーモア・ミステリで、義侠心に富んだサムの人情味あふれた行動が絶大な支持を受けて、多くの作品が翻訳された。確かにサムとクラドックの関係は、そのまま、隼と、彼女を追う象潟署《きさかたしょ》の高山刑事との関係に反映されているといえるだろう。だが、実際にそのシリーズを通読してみると、「たしかに『地下鉄サム』からの影響も感じられるが、どちらかといえば複雑な謎解きを主眼としていて、作風はいささか異なっている」と長谷部史親がいうように(『欧米推理小説翻訳史』本の雑誌社、九二)、単に掏摸と探偵のやりとりをユーモラスに描いただけの作品ではないことが分かってくる。本書によって、その多彩な作品世界に接することで、あらためて隼シリーズの真価が問われればと思う。

以下、本書収録の各編について、簡単に解題を付しておく。作品によっては内容に踏み込んでいる場合もあるので、未読の方はご注意されたい。

「浮れている「隼」」は、『新青年』一九二五年四月号(六巻五号)に発表された後、『日本探偵小説全集』第一六篇(改造社、二九)に収められた。のちに、『新青年傑作選』第三巻(立風書房、六九/七五/九一)、『大衆文学大系』第三〇巻(講談社、七三)にも採録されている。

記念すべき隼お秀のデビュー作。男性作家が異性を擬態して書いた作品中で、女性キャラクターが男装して異性を擬態するというふうに、虚構と現実とを相渉ってのジェンダー攪乱が描かれている。また、掏摸でありながら悪を懲らす探偵的活動を示すあたりは、悪に強きは善にも強いという一般的認識を超えるものではないのだが、悪と正義とを相渉るありようが示されているともいえ、隼というキャラクターが市民的常識を攪乱する存在として設定されていることが、プロット上からも見て取れる。

「チンピラ探偵」は、『新青年』一九二六年三月号(七巻四号)に発表された後、『創作探偵小説選集』第二輯(春陽堂、二七)、『現代大衆文学全集』第三五巻(平凡社、二八)に採録され、『日本探偵小説全集』第一六篇(改造社、前掲)に収められた。

「ほんの一寸した物好きから」「探偵心」に駆られた隼が、男爵殺人事件の解決に尽力する。隼がほのかな思いを寄せる池田忠夫が初登場。池田との恋の顚末が絡むこととあいまって、本作品に登場する隼は、地下鉄サムよりもモーリス・ルブラン Maurice Leblanc(仏、1864～1941)が創造したアルセーヌ・ルパンを髣髴とさせよう。後に、アンケート「好きな外国作家と好きな作中人物」(『新青年』三八年二月増刊号)のなかで、ルパンの名をあげていたことも思い出される。

本作品は、松竹キネマ蒲田撮影所によって映画化され、一九二六年八月八日に公開された。監督は大久保忠素、脚本は村上徳三郎で、当然ながらモノクロ無声映画。隼を演じたのは、日本の女優スター第一号といわれる栗島すみ子(1902～87)である。原作にはないお秀の妹・辰子も登場しているらしい。『新青年』二六年一〇月号にスチールが掲載されている他、近年では『別冊太陽』四八号(平凡社、八四年一二月五日発行)の女優特集号に彩色されたブロマイドが掲載されているので、興味のある方はご覧いただきたい。

「浜のお政」は、『探偵趣味』一九二六年三月号(二年三号、通巻六輯)に発表された後、『現代大衆文学全集』第三五巻(平凡社、前掲)に採録され、『日本探偵小説全集』第一六篇(改造社、前掲)に収められた。

詐欺や美人局で稼ぐ隼のライバル・浜のお政が初登場。「いかもの讃美派の文豪、合崎の潤ちゃん」(単行本収録の際に「鎗崎」と改められた。もちろん耽美派の谷崎潤一郎がモデル)に紹介された箔付きの悪女である。『探偵趣味』二六年一二月号に寄せたアンケートの回答で、一番嫌いな作品として久山自身があげている作品だが、山下利三郎は「五月創作界瞥見」（『探偵趣味』二六年六月号）で、「娘を守る八人の婿」よりも「軽妙」だと評しているし、『新青年』二六年一二月号掲載の年末アンケートでは、角田喜久雄が印象に残っている作品としてあげている。

なお蛇足ながら、隼が嫌いなものとしてあげている文学青年が話題にする「プロ文学」は、プロレタリア文学のこと。隼が手にしている『女性』（二二〜二八）は、プラトン社から刊行されていた女性向けモダニズム文芸雑誌で、探偵作家も多く寄稿している。

「娘を守る八人の婿」は、『新青年』一九二六年五月号（七巻六号）に発表された後、『日本探偵小説全集』第一六篇（改造社、前掲）に収められた。

発表時から四年前、T大学文科の第一回女子聴講生だった、かけだし時代の思い出を語ったもの。浅草ワルカ楼の女中お君や、子分の由公・兼吉は、以後の作品にもたびたび登場。なお、「堂摺連《どうする》」とは、もともと娘義太夫の熱心な若い男性ファンのことで、語りの山場になると「さあ、どうするどうする」と合いの手を入れて騒いだことに由来する。

本作品に関しては、片岡鉄兵が「いつもの蓮葉調の文章は少し型にはまつて不可ん。おみちの臨終の場面なんか無くもがな。尤も長編スリ伝の一部としては必要なのかも知れないが」（『新青年』二六年六月号）と評している他、『探偵趣味』二六年六月号に載った「探偵小説合評会」（参加者：江戸川乱歩・甲賀三郎・延原謙・城昌幸・川田功・大下宇陀児・巨勢《こせ》洵一郎《じゅんいちろう》・水谷準）でも、否定評が多かったようだ。

（甲賀）僕はこの作者に、以後この様な作を書いて貰ひたくない。作のモチイフが奈辺にあるかを疑ふものである。「地中《ママ》鉄サム」には作毎に新しいモチイフがあるではないか。

（大下）作者は涙の喜劇を狙つたのではないかと思ふが如何。

（巨勢）又か、と云ふ気がする。さうした気持で読んだ時以前の作より劣つてゐた場合には、一層悪く考へる。これは甲賀氏も云ふ通り、陰影が無いからである。サムでは、又かと云ふ事が解つてゐたにしても、こよない味はひが引きずつて行く。

（江戸川）この種の作として軽妙な短篇であると推奨したい。但しサムが十篇読んで飽きるものと仮定するなら、この作品は三篇で飽きるといふ難はあるかも知れないが。

（延原）僕は大いに推奨する何回でも読みたく思ふ。

（総評）この作者の内では、「隼お秀」が一番いゝものだ。一様にあの作中の気分のよさを認めるものである。さうした作を今後に期待して、作者がもつと人生に触れた奇智を画きだす事を、この方面の作家僅少なる今日、非常に望む次第である。

右のような評価に発奮して書かれたのが、次の「代表作家選集？」だとしたら、作家・久山秀子のしたたかさというか、権威的なものに対する反骨精神（それが久山ユーモアの一端を担っていると思われるが）には、端倪《たんげい》すべからざるものを感じさせる。

「代表作家選集？」は、『新青年』一九二六年七月号（七巻八号）に発表された後、『日本探偵小説全集』第一六篇（改造社、前掲）に収められた。

隼やその仲間が掏り取った創作原稿四種類を紹介するという体裁で、作中作の題名はそれぞれ、江戸川乱歩「闇に蠢く」（二六〜二七）、谷崎潤一郎「柳湯の事件」（一八）、甲賀三郎「琥珀のパイプ」（二四）、小酒井不木「人工心臓」（二六）のもじりだが、内容は必ずしも当該作品のパロディというわけではない。たとえば「闇に迷く」は明らかに、同じ乱歩の「人間椅子」（二五）のパロディだし、「画伯のポンプ」は評論家肌の甲賀のありようそのものを皮肉っている。久山秀子のユーモリストぶりが発揮された傑作といえよう。

「画伯のポンプ」中で言及される「大下君の掏摸」「ニッケルの運賃」はそれぞれ甲賀の作品「大下君の推理」（二五）「ニッケルの文鎮」（二六）のもじりである。甲賀三郎と並んで松本泰が「本格物」の作家と目されていることが興味深い。小流智尼《おるちに》（一条栄子、1903〜77）と併記されている松賀麗（?〜?）は当時実在していた女性作家で、主に『探偵趣味』に投稿していた。ペンネームはそれぞれオルツィ Baroness Orczy（洪→英、1865〜1947）、マッカレーのもじり。「湖南土居・智慧巣太豚」はそれぞれコナン・ドイル A. Conan Doyle（英、1859〜1930）、チェスタトン G. K. Chesterton（英、1874〜1936）のもじりで、こちらは実在しない。

「隼お手伝ひ」は、『探偵趣味』一九二六年七月号（二年七号、通巻一〇輯）に発表された後、『現代大衆文学全集』第三五巻（平凡社、前掲）に採録され、『日本探偵小説全集』第一六篇（改造社、前掲）に収められた。のちに、ミステリー文学資料館編『幻の探偵雑誌2／「探偵趣味」傑作選』（光文社文庫、二〇〇〇）にも採録されている。

きわめて日本的にアレンジされた毒殺トリックが印象的な一編。これまでも何度か、隼の身元引受人として名前が出てきた秘密探偵（現在の私立探偵に同じ）富田達観が初登場。「その昔、野暮の元締めのやうなお役所に在りながら、音に聞こえた通人」として紹介される富田の風貌には、作者・久山自身をうかがわせるものがある。

「川柳　殺さぬ人殺し」は、『探偵趣味』一九二六年八月号（二年八号、通巻一一輯）に「富田達観（談）」として発表された。単行本に収録されるのは今回が初めてである。

隼の身元引受人である私立探偵・富田達観から談話を取ったという体裁で、末尾に「文責在記者」とあるが、この「記者」はもちろん久山秀子のことであろう。おそらく穴埋め記事として書かれた小品だろうが、ここまで虚構の現実化にこだわれば、たいしたもの。

富田が紹介している『柳多留（誹風柳多留・柳樽）』は、江戸時代にまとめられた川柳・狂句集。「ミュンスターベルヒの食人犯人デンケ」とは、浮浪者を攫ってきては殺し、人肉を肉屋に卸し、自らも食べていた、ドイツのカール・デンケ Karl Denke（1870～1924）のこと。おそらく『新青年』二六年六月号に載った、古畑種基《たねもと》「ミュンスターベルヒの食人事件」を読んだものだろう。

「戯曲　隼登場」は、『探偵趣味』一九二六年一二月号（二年一一号、通巻一四輯）に発表された後、『日本探偵小説全集』第一六篇（改造社、前掲）に収められた。

先にもふれた『探偵趣味』二六年一二月号に寄せたアンケートの回答で、一番好きな作品として久山自身があげている作品である。最後の最後に隼が、まるで歌舞伎役者のような見得を切って登場するのが読みどころ。ト書きにある「源之助《きのくにや》」とは、江戸歌舞伎最後の女形といわれた四代目澤村源之助（1859～1936）のこと。オイトコ由公が言う「鬼熊」とは、二六年八月に千葉県で起きた殺人犯人の通称。自分を裏切った愛人とその恋人を殺害した他に四人を傷つけて後、四十二日もの間、山中を逃走した。本作品で熊が出てくるのは、鬼熊事件を踏まえた洒落かもしれない。なお、冒頭の配役表で、隼の正確な年齢が判明する点にも、ご注目。

「隼の公開状」は、『探偵趣味』一九二七年二月号（三年二号、通巻一六輯）に発表された。単行本に収録されるのは今回が初めてである。

西田政治《まさじ》（1893～1984）はエッセイ「柳巷楼無駄話」（『探偵趣味』二七年一月号）中で「戯曲　隼登場」に対して、以下のように評した。本編は、それに対する久山の反論文である。

　江戸川氏の「お勢登場」がよかつたのか、横溝君が、一寸それに類して、「かへれるお類」を書いた。あれも自分は感心した。江戸川、横溝共に別な味の傑作だと思ふ。それが今度は「隼登場」と来た。スツカリ度膽を抜かれて読むと、又々胸を悪くした。あの悪る《ママ》ふざけはどうだ。いくら同人のものだと云つてあんなものを有難さうに載せられちや、御迷惑さまだ。乱歩「お勢登場」は『大衆文芸』二六年七月号に、横溝「帰れるお類」は『探偵趣味』同年一一月号に、それぞれ発表された。「大阪カンダグミ知らねえか」という唄については不詳。

「四遊亭幽朝」は、『探偵趣味』一九二七年一月号（三年一号、通巻一五輯）に発表された。単行本に収録されるのは今回が初めてである。

怪談特集号に寄せられたもので、「怪談ばなし」の脇書きの通り、オチで怪談となる異色作。

「隼の勝利」は、『新青年』一九二七年五月号（八巻六号）に発表された後、『現代大衆文学全集』第三五巻（平凡社、前掲）に採録され、『日本探偵小説全集』第一六篇（改造社、前掲）に収められた。のちに、『新青年傑作選集5／おお、痛快無比!!』（角川文庫、七七）にも採録された。

ふたたび富田達観の助手として活躍。浜のお政や池田忠夫も再登場、因縁の決着が付けられる。探偵活動の傍ら、ちゃっかり自分の懐も豊かにするあたりが、隼の面目躍如といったところ。

「どうもいいお天気ねえ」は、『文芸倶楽部』一九二七年五月号（三三巻七号）に久山千代子名義で発表された。単行本に収録されるのは今回が初めてである。

隼お秀の妹分、千代子が初登場。以前、富田達観の視点で語ったことがあり、そちらは穴埋め的記事だったことからくる遊びのひとつと思われるが、本作品の場合は、掲載誌がいつもと違うので目先を変えてみたものだろうか。ただし『文芸倶楽部』の発行元も、『新青年』と同じ博文館であり、後に千代子は、隼のフィールドである『新青年』に再登場を果たす（「当世やくざ渡世」三四年二月号）。他愛のない小品といってしまえばそれまでだが、映画『チンピラ探偵』（前出）の設定が原作者によって取り込まれた形になり、メディアとインタラクティヴに関わりながらシリーズを発展させていく作者の感性は、現代にも通用する新しさを感じさせる。

「刑事ふんづかまる」は、『探偵趣味』一九二七年七月号（三年七号、通巻二一輯）に発表された後、『創作探偵小説選集』第三輯（春陽堂、二八）、『現代大衆文学全集』第三五巻（平凡社、前掲）に採録され、『日本探偵小説全集』第一六篇（改造社、前掲）に収められた。

隼が観ている映画に登場する森静子（1909～2004）はマキノ映画、阪妻プロ、新興キネマに所属した女優で、阪東妻三郎（1901～53）と共演した作品としては『怨呂血《おろち》』（阪妻プロ、二五年公開）が有名。本作品中の映画がその『怨呂血』かどうかは、不詳。

「隼の藪入り」は、『サンデー毎日』一九二七年七月一七日号（六年三二号）に発表された後、『日本探偵小説全集』第一六篇（改造社、前掲）に収められた。

前作の最後で高山刑事を出し抜いたことで取り締まりが厳しくなった浅草を離れて、大阪までやってきた隼の活躍が描かれる。藪入りとは、奉公人が主人から休暇をもらって実家などに帰ること。したがってタイトルは、隼の休暇、という程度の意味になろうか。

「隼の解決」は、『新青年』一九二七年一二月号（八巻一四号）に発表された後、『現代大衆文学全集』第三五巻（平凡社、前掲）に採録され、『日本探偵小説全集』第一六篇（改造社、前掲）に収められた。

これまでにも反権威的な姿勢を見せてきた隼だが、本作品では安い労働力として連れてこられた朝鮮人労働者を救う活躍を見せ、シリーズ中でも随一の社会性を持つ作品になっている。ちなみに警察の取締りを「蝿取りデー」というのは、盗人を「胡麻の蝿」と呼ぶことから来たものか。

「隼のお正月」は、『探偵趣味』一九二八年二月号（四年二号）に発表された後、『創作探偵小説選集』第四輯（春陽堂、二九）に採録され、『日本探偵小説全集』第一六篇（改造社、前掲）に収められた。

前作中で隼が滞在していた品川の海浜ホテルに、隼の一党が集まって新年会を開く冒頭部分をふまえて、細川涼一は「いわば、隼組は不良の烙印を押されて世間から疎外・排除された少女や少年たちのアジールなのである」と指摘している（前掲「久山秀子・一条栄子覚え書き」）。

「隼のプレゼント」は、『新青年』一九二八年三月号（九巻四号）に発表された後、『日本探偵小説全集』第一六篇（改造社、前掲）に収められた。

丸の内にある新聞社の社会部長を務める津崎順一郎が初登場。津崎もまた、富田達観同様、隼のシンパの一人である。最後に付せられた原稿料値上げの一《ひと》くさりは、単行本に収録された際にも残されている。

「隼探偵ゴッコ」は、『新青年』一九二八年一〇月号（九巻一二号）に発表された後、『日本探偵小説全集』第一六篇（改造社、前掲）に収められた。

美術愛好家に先祖伝来の美術品を詐取されて心中しようとしていた母子を助けた隼が、富田達観にも協力してもらい、悪辣な愛好家をやり込める一幕。

「隼の万引見学」は、『新青年』一九二九年六月号（一〇巻七号）に発表された後、『日本探偵小説全集』第一六篇（改造社、前掲）に収められた。

盗癖のある代議士夫人の悪計を利用して一計を案ずる隼の一幕。

「隼いたちごつこの巻」は、『新青年』一九二九年一二月号（一〇巻一四号）に発表された。単行本に収録されるのは今回が初めてである。

冒頭で言及されている財政緊縮・金解禁は、当時の浜口内閣が行った一連の財政改革のことで、それを茶化した西条八十（1892〜1970）の歌詞は『緊縮小唄』（ビクター、二九年九月発売）のものと思われる。『ボーベラ博士のラメデタ』というトーキー映画は、おそらく作者の与太だろう。

［解題］**横井 司**（よこい つかさ）
1962年、石川県金沢市に生まれる。大東文化大学文学部日本文学科卒業。専修大学大学院文学研究科博士後期課程修了。95年、戦前の探偵小説に関する論考で、博士（文学）学位取得。『小説宝石』、『週刊アスキー』等で書評を担当。共著に『本格ミステリ・ベスト100』（東京創元社、1997年）、『日本ミステリー事典』（新潮社、2000年）など。現在、専修大学人文科学研究所特別研究員。日本推理作家協会・日本近代文学会会員。

久山秀子氏の著作権継承者と連絡がとれませんでした。ご存じの方はご一報下さい。

久山秀子探偵小説選Ⅰ　〔論創ミステリ叢書９〕

2004年9月10日　初版第1刷印刷
2004年9月20日　初版第1刷発行

著　者　久山秀子
装　訂　栗原裕孝
発行人　森下紀夫
発行所　論　創　社
〒101-0051 東京都千代田区神田神保町2-23 北井ビル
電話 03-3264-5254　振替口座 00160-1-155266

印刷・製本　中央精版印刷

ISBN4-8460-0423-6

論創ミステリ叢書

平林初之輔探偵小説選Ⅰ【論創ミステリ叢書1】

パリで客死する夭折の前衛作家が、社会矛盾の苦界にうごめく狂気を描く！　昭和初期の本格派探偵小説を14編収録。現代仮名遣いを使用。〔解題＝横井司〕　本体2500円

平林初之輔探偵小説選Ⅱ【論創ミステリ叢書2】

「本格派」とは何か！　爛熟の時代を駆け抜けた先覚者の多面多彩な軌跡を集大成する第2巻。短編7編に加え、翻訳2編、評論・随筆34編を収録。〔解題＝大和田茂〕　本体2600円

甲賀三郎探偵小説選【論創ミステリ叢書3】

本格派の愉悦！　科学者作家の冷徹なる実験精神が、闇に嵌まった都市のパズルを解きほぐす。昭和初期発表の短編5編、評論・随筆11編収録。〔解題＝横井司〕　本体2500円

松本泰探偵小説選Ⅰ【論創ミステリ叢書4】

「犯罪もの」の先覚者が復活！　英国帰りの紳士が描く、惨劇と人間心理の暗黒。大正12～15年にかけて発表の短編を17編収録。〔解題＝横井司〕　本体2500円

松本泰探偵小説選Ⅱ【論創ミステリ叢書5】

探偵趣味を満喫させる好奇のまなざしが、都会の影に潜む秘密の悦楽を断罪する。作者後期の短編を中心に10編、評論・随筆を13編収録。〔解題＝横井司〕　本体2600円

浜尾四郎探偵小説選【論創ミステリ叢書6】

法律的探偵小説の先駆的試み！　法の限界に苦悩する弁護士作家が、法で裁けぬ愛憎の謎を活写する。短編9編、評論・随筆を10編収録。〔解題＝横井司〕　本体2500円

松本恵子探偵小説選【論創ミステリ叢書7】

夫・松本泰主宰の雑誌の運営に協力し、男性名を使って創作・翻訳に尽力した閨秀作家の真価を問う初の作品集。短編11編、翻訳4編、随筆8編。〔解題＝横井司〕　本体2500円